LE PALAIS-ROYAL.

—

DOMAINE DE LA COURONNE.

SECONDE ÉDITION.—1837.

PARIS. — IMPRIMERIE DE L. B. THOMASSIN ET Cⁱᶜ, RUE DES BONS-ENFANTS, 34.

LE PALAIS-ROYAL.

Premières construc-
tions. 1629.

Let. W, pl. 33, 34,
35, 36, 37, 38.

Le Palais-Royal a dès son origine éprouvé dans ses constructions, comme presque tous les édifices de notre pays, les
désastreux effets de l'hésitation, de l'inconstance et du caprice.
Tout donne à penser que pendant la durée de ce grand travail, qui a coûté des sommes immenses, on a souvent agi sans
plan déterminé, sans méthode, et plus d'une fois avec des
vues contraires.

C'est sur les débris et sur les bâtisses conservées des vieux
hôtels d'Armagnac et de Rambouillet qu'un cardinal, ministre tout-puissant et riche, ordonne qu'une maison, dans laquelle il veut étaler la magnificence d'un roi, lui soit bâtie.
Des considérations privées, des exigences de circonstance, des
intérêts mesquins l'entraînent à vouloir utiliser dans son entreprise un grand nombre de choses incohérentes entre elles.
Il lui faut, pour ajouter un jardin à l'habitation qu'il a choi-
sie, reculer l'enceinte de la ville, combler ses fossés et acheter
au dehors plusieurs propriétés particulières dont le prix, selon quelques notes retrouvées, serait de 66,618 fr. Il revend
ensuite au-delà des limites, dont les rues de Richelieu, des
Bons-Enfants et des Petits-Champs devaient fixer l'étendue,
les terrains restants, sans rien prescrire pour l'embellissement du lieu ; enfin il permet à chacun de bâtir à son gré,
sans symétrie, sans ordonnance, des maisons de toute grandeur et de différente hauteur avec des jours directs et même
des sorties sur son jardin.

Plan de 1679.

Le plan gravé en 1679 par La Boissière, que nous joignons ici sous le n° 33, let. W, donne une idée de cette première disposition, d'après laquelle on aura sans doute peine à concevoir comment le cardinal de Richelieu a pu croire qu'un assemblage de constructions aussi irrégulières, réunies sans plan, sans ordre, pouvait être regardé comme un palais digne de la haute destination que par son testament il a prétendu lui donner.

Éloges exagérés du Palais-Cardinal.

Certes le Palais-Cardinal, malgré les emphatiques éloges que les auteurs du temps lui ont prodigués, malgré les profusions dont il était orné, ne devait guère convenir à l'habitation d'un roi. Ces superbes dehors, ce superbe fronton, ces toits si vantés n'avaient sans doute rien de bien remarquable. Ils différaient peu du dehors des autres grandes maisons de la ville, et les richesses du dedans, tout extrême qu'en était, dit-on, la magnificence, ne pouvaient certainement pas faire disparaître les défauts d'ordonnance, de goût et de régularité que l'œil le moins exercé devait facilement apercevoir. Les distributions que le prélat-ministre avait ordonnées, ses salons, sa galerie des hommes illustres, son grand cabinet, sa chapelle et sa salle de spectacle, si l'on consulte le plan de 1679, ne présentaient évidemment rien de royal. Une chapelle, dont la plus grande dimension n'arrivait pas à 18 pieds, une salle d'opéra, qui pour toute largeur en avait à peine 36, n'offraient indubitablement ni l'étendue, ni les dispositions nécessaires aux solennités et aux grands spectacles qui pouvaient avoir lieu dans la maison du chef de l'État. Ainsi donc on doit penser que Sauval en portant à trois mille le nombre des spectateurs que contenait, dit-il, la salle destinée aux comédies de pompe et de parade du palais, a cru, comme le Géronte de la comédie du *Menteur* de Corneille, devoir aussi payer son tribut d'éloges, au dessus de mesure, aux beautés du palais que la puissance du cardinal rendait célèbre, et que chacun s'empressait de vanter.

Louis XIII, après avoir accepté le palais dont le cardinal en mourant l'avait, par son testament, supplié d'agréer l'hommage, n'a pu l'habiter; car six mois plus tard il suivit son ministre au tombeau. Ainsi ce monarque n'eut pas à remédier aux imperfections et aux défauts de l'habitation que l'on avait cru propre à devenir la résidence ordinaire de Sa Majesté et des héritiers du trône. Mais cinq mois après la mort du roi, la reine régente, Anne d'Autriche, et le jeune roi, son fils, Louis XIV, étant venus s'établir au Palais-Cardinal, que dès lors on nomma le Palais-Royal, il fallut chercher à rendre moins incommodes, moins insuffisantes, les distributions que Richelieu, plus habile en politique qu'en architecture, avait laissées imparfaites.

Donation du cardinal de Richelieu au roi Louis XIII. 1636.

La plupart des changements et des améliorations qui sont ajoutés au palais, selon le plan de 1679, comparé avec celui de 1748, que nous rapportons sous le n° 2, n'appartiennent probablement pas à l'époque de la régence de la mère de Louis XIV. Certes Anne d'Autriche, embarrassée dans les troubles de la Fronde, princesse indécise et sans pouvoir, eut très-peu les loisirs nécessaires et la faculté de s'occuper des arrangements intérieurs de la maison, pendant les neuf années que dura sa résidence au Palais-Royal. Ce que l'on fit au temps de sa régence n'a donc probablement consisté qu'en déblaiements au dehors, en distributions et décorations au dedans. Ces améliorations, ainsi que celles exécutées antérieurement par le cardinal-ministre, si brillantes fussent-elles, ne pouvaient assurément pas faire oublier ou rendre supportables les défauts graves que la disposition première de l'édifice

Régence d'Anne d'Autriche.

avait produits. Aussi les troubles de la Fronde étant apaisés, et la cour étant revenue de Saint-Germain à Paris le 21 octobre 1652, le roi alla loger au Louvre et à Vincennes pour ne plus retourner au Palais-Royal, qui, par les souvenirs du passé et par le mauvais état dans lequel il était alors, avait déjà beaucoup perdu de la réputation que Richelieu lui avait faite.

La reine d'Angle-
terre, Henriette-Ma-
rie, habite le Palais-
Royal. 1652.

La reine d'Angleterre, Henriette-Marie, fille de Henri IV, femme de Charles Ier, revenue en France quelque temps avant la mort tragique de son mari, décapité à Londres le 9 février 1649, habita en 1652, pendant plusieurs années, le Palais-Royal.

Ce fut au Palais-Royal que, le 31 mai 1661, Monsieur, duc d'Orléans, frère unique de Louis XIV, épousa la fille de la reine, la princesse Henriette, dont la mort, arrivée subitement le 30 mai 1670, a donné matière aux soupçons et aux conjectures les plus étranges.

La possession de la maison d'Orléans doit dater de cette époque, bien que l'acte de donation ne soit que du mois de février 1692. La reine d'Angleterre occupa peu le Palais-Royal, qui ne lui plaisait pas, et elle passa la plus grande partie de sa vie au couvent de Chaillot, pour aller se retirer ensuite à Colombes dans une petite maison qu'elle habita sans interruption, jusqu'à la fin de ses jours, 10 septembre 1669. La résidence de cette reine n'a pas été marquée par des constructions dont l'édifice aurait conservé des traces.

Possession de Phi-
lippe, duc d'Orléans,
Monsieur. 1661.

Nous pensons qu'il convient de placer à l'époque où Philippe d'Orléans, Monsieur, résida au Palais-Royal après son mariage, les bâtisses et les embellissements dont on trouve les indications sur le plan de 1748. Plusieurs de ces ouvrages étaient faits avant la déclaration des lettres-patentes de 1692;

car, selon les termes de cet acte, qui exprime la volonté formelle de Louis XIV à l'égard de son frère, le Palais-Cardinal, avec les acquisitions qui en augmentaient l'étendue, lui est donné en toute propriété, réversible à la couronne au défaut d'héritiers mâles, avec la faculté d'y faire telles augmentations, telles améliorations et décorations que bon lui semblera, sans qu'au préalable il y ait évaluation ou visitation, dont, pour bonnes raisons et considérations, le prince étant dispensé, silence perpétuel est imposé sur ce sujet aux officiers, procureurs généraux et autres.

On se demande quel a pu être l'objet de cette clause? Pourquoi Louis XIV, en donnant à son frère la maison que le ministre du feu roi, son père, avait léguée à la couronne, sous la condition expresse qu'elle ne serait habitée que par le roi ou l'héritier de la couronne, a-t-il voulu qu'aucune évaluation, aucune visitation de l'objet donné ne pût être faite? La clause suivante, par laquelle, dans le même acte, il est dit qu'en cas de réversion à la couronne les héritiers du prince seront remboursés des dépenses que les améliorations ou embellissements auront motivées, laisse à croire que toutes les constructions, toutes les acquisitions déjà ajoutées au palais, depuis le cardinal jusqu'en 1692, et, entre autres, la galerie que Mansard venait de bâtir, les salles que Coypel avait décorées, et les autres améliorations étaient regardées comme ouvrages dont le prix serait remboursé aux héritiers de la maison d'Orléans, quoique la plus grande partie de ces mêmes ouvrages fût exécutée, antérieurement à l'acte de cession, aux frais de la couronne; et qu'ainsi il fallait, en gardant un silence absolu sur l'évaluation et l'appréciation des choses existantes, laisser aux héritiers du prince la faculté de jouir de tous les droits qu'on a voulu leur réserver.

Le Palais-Royal donné en apanage à Monsieur. 1692.

On trouve encore dans le même acte, qu'en cédant le Palais-Royal au prince qui devait le conserver à titre d'apanage, les bâtiments du ci-devant corps-de-garde, aujourd'hui le Château-d'Eau, sont réservés, avec la partie comprise dans le grand plan de la construction du château du Louvre.

Château-d'Eau réservé pour l'exécution des projets sur le Louvre.

L'achèvement du Louvre et sa réunion aux Tuileries, projet dont Henri IV a le premier conçu l'idée, était une entreprise vaste et difficile, dont nous avons précédemment rendu compte à l'article du Louvre. Les plus grands talents étaient appelés à prendre part à cette conception hardie. Réunir et coordonner d'une manière convenable deux palais qui avaient été construits isolément, à des époques différentes, avec des proportions dissemblables, sans analogie, sans le moindre rapport dans leurs dispositions respectives, était une question importante qui ne put être traitée alors, qui plusieurs fois fut agitée depuis, que Napoléon entreprit de résoudre, et qui maintenant n'est pas encore entièrement terminée.

Monsieur ayant ajouté aux premiers embellissements du Palais-Royal un grand appartement dans l'aile de la rue de Richelieu, l'habitation devint plus commode et plus digne. Ce fut alors qu'il y déploya le faste et la magnificence d'une cour, dont l'éclat plus d'une fois excita la jalousie de celle de Versailles.

Lorsque par la donation dont nous venons de relater les clauses, le Palais-Royal fut définitivement affecté à l'habitation du duc d'Orléans, que le roi son frère comblait de biens, ce prince était remarié en secondes noces à Élisabeth-Charlotte de Bavière, qu'il avait épousée quinze mois après la mort d'Henriette, sa première femme, le 22 novembre 1671. Charlotte de Bavière est la mère de Philippe d'Orléans, qui, en 1715, après la mort de Louis XIV, gouverna la France pendant la minorité de Louis XV. Elle habita, conjointement avec son fils, le Palais-Royal jusqu'à sa mort, le 5 décembre 1722, un an avant celle du régent, le 2 décembre 1723.

On remarque dans l'inventaire dressé après la mort de Monsieur, au Palais-Royal le 9 juin 1701, une désignation des principaux appartements tels qu'ils existaient alors. Cette pièce, conservée aux archives d'Orléans, indique assez l'espèce de magnificence que Monsieur avait ajoutée au palais du cardinal, et la description détaillée des meubles qui y sont inventoriés peut donner une idée du luxe de ce temps. Elle indique quel était le goût d'alors; certes celui d'aujourd'hui, s'il était consulté, ne voudrait probablement pas reconnaître sa supériorité; mais la richesse de cette époque surpassait de beaucoup la nôtre.

Les deux régences qui, dans des circonstances assez semblables, occupèrent successivement le Palais-Royal, contribuèrent beaucoup moins qu'on n'aurait dû l'espérer aux embellissements et aux accroissements de cet édifice. Anne d'Autriche, après la mort de son mari Louis XIII; Philippe d'Orléans, après celle de son oncle Louis XIV, eurent de trop grands intérêts à débattre pour trouver le temps de penser à des arrangements de maison. La reine régente, tourmentée, effrayée des troubles de la Fronde, le prince régent, entouré d'ennemis jaloux, en proie aux agioteurs, absorbé dans les tracas de finances, n'eurent ni l'un ni l'autre la faculté de se livrer à des soins domestiques, et de s'occuper des difficultés que présentait la reconstruction de leur palais.

Ainsi donc, malgré son amour ardent pour les sciences, pour les arts et pour tout ce qui pouvait ajouter aux plaisirs de la vie, le régent enrichit, il est vrai, le Palais-Royal d'une grande quantité d'ornements en peintures, en dorures et en

2

Construction du Château-d'Eau.

curiosités rares; mais il n'y fit aucune construction marquante, si ce n'est celle du Château-d'Eau, qui a été élevé par son ordre sur la place du palais en face de l'entrée principale, d'après les dessins de Robert de Cotte, et qui subsiste encore. L'érection de cet édifice, pour le service des eaux des Tuileries et du Palais-Royal, a donné lieu au déblaiement et à l'agrandissement de la place, sans que toutefois on soit parvenu à la rendre entièrement régulière.

En considérant l'état de dégradation dans lequel les arts étaient tombés au temps de la régence, on est tenté de se féliciter de ce qu'un plus grand nombre d'ouvrages n'ait pas été ajouté au palais pendant cette époque de décadence et de mauvais goût, ce qui bien certainement aurait présenté une difficulté de plus, lorsque dans la suite, vers le milieu du siècle dernier, revenu à de meilleures doctrines, il fallut entreprendre l'entier rétablissement de l'édifice. En effet, quelles constructions, quels arrangements d'art auraient laissés à leurs successeurs les hommes d'alors, qui, dans l'emploi des choses que la nature mettait à leur disposition, ou qu'elle leur offrait pour modèles, avaient pris le caprice pour guide, la singularité pour maxime, et l'afféterie pour but? Quelles auraient pu être des dispositions imaginées par l'architecte du Château-d'Eau ou par l'un de ceux qui, dans leurs conceptions, ne voyaient le beau que dans la manière, et qui ne pouvaient former des ajustements d'angles sans les tortiller ou les arrondir?

Possession de Louis, duc d'Orléans, fils du régent. 1723.

Le fils du régent, Louis d'Orléans, qui, dans le court intervalle de trois ans, de 1723 à 1726, avait perdu son père et sa femme, jeune princesse de Baden, qu'il aimait beaucoup, habita très-peu le Palais-Royal; il n'y fit aucun changement marquant, aucune amélioration autre que des plantations dans le jardin. Bientôt détaché des jouissances et des biens de la terre par les chagrins que lui causa la perte prématurée de ce qu'il avait de plus cher, il quitta l'éclat des cours et la magnificence des palais pour aller se retirer dans le couvent des religieux génovéfains de Sainte-Geneviève. Ce prince, qui a été surnommé le dévot, tout occupé de hautes sciences et de pratiques pieuses, passa le reste de sa vie dans l'exercice des vertus chrétiennes; il secourut, mais il fit peu travailler les malheureux. Il ordonna de brûler les tableaux de sa galerie que la pudeur condamnait; et, loin d'ajouter aux richesses dont le palais était orné, il fit à peine entretenir celles qui lui étaient léguées. Il donna même les plus précieuses, ainsi que le droit de nommer à tous les bénéfices de ses domaines, au couvent dans lequel il a terminé ses jours, le 10 février 1752.

Louis-Philippe, fils de Louis d'Orléans et petit-fils du régent, possédait déjà le Palais-Royal long-temps avant la mort de son père; il y tenait une cour brillante, dont Henriette de Bourbon, princesse de Conti, faisait les délices; mais, devenu veuf le 9 février 1759, préférant ses autres résidences à celle-ci, il aurait sans doute, comme ses prédécesseurs, laissé après lui le palais en état de splendeur et de magnificence au dedans, mais pauvre d'architecture au dehors, et peu commode dans l'ensemble de ses distributions, si le 6 avril 1763, un événement inattendu, l'incendie de la salle où l'on jouait l'opéra n'eût consumé une aile entière avec une grande partie du corps principal de l'édifice.

C'est alors que, forcé de rétablir la partie la plus considérable de l'habitation, on fit des plans, on médita des projets, et l'on se détermina à entreprendre la restauration générale du palais. Il est à remarquer que le feu, en détruisant des

Possession de Louis-Philippe, duc d'Orléans. 1752.

Incendie de 1763.

constructions de mauvais goût et des ornements peu regret-
tables, avait rendu le rétablissement du palais moins difficile; mais si en cela l'un des obstacles qui pouvaient s'oppo-
ser à la conception d'un bon plan se trouvait levé, il s'en pré-
senta un autre bien plus grand, lorsque, pour exécuter cette
reconstruction, il fallut admettre la coopération de deux
architectes indépendants l'un de l'autre, avec des vues et des
intérêts différents.

La salle de spectacle du cardinal, dans laquelle le public
avait assisté aux premières représentations de plusieurs beaux
ouvrages de Corneille, de Racine et de Molière, servait, lorsqu'elle devint la proie des flammes, aux spectacles de l'Opéra,
dont le duc d'Orléans avait cédé, depuis 1749, le privilége
à la ville de Paris. On attribua l'incendie à la négligence des
ouvriers qui travaillaient au théâtre pendant les jours de
relâche, dans la dernière quinzaine de carême. C'est pourquoi
le duc d'Orléans, qui avait droit à des indemnités, exigea du
prevôt des marchands et des échevins, qui composaient le
corps de ville, que la salle et tous les bâtiments brûlés sous
leur administration fussent rebâtis et restaurés aux frais de
la ville. Voulant ensuite que la nouvelle salle fût reportée du
même côté, au-delà de l'aile dans laquelle elle avait d'abord
été placée, il acheta cinq maisons voisines qui appartenaient
aux sieurs Francières, Perreau, Aubouin, Eaubone et Ver-
rèt; lesquelles, ajoutées à trois autres acquises aux frais de la
ville, des sieurs Cadeau, Montgazon et Durand, donnèrent,
par leur démolition, l'emplacement nécessaire à la construction du nouveau théâtre tel qu'il est indiqué dans le plan de
1780, pl. 35, let. W.

Plan de 1780, pl. 35, let. W.

Reconstruction de la salle de l'Opéra, 1764.

La ville de Paris, ayant à supporter la dépense qu'exigeait
la réparation des désastres de l'incendie de 1763, voulut

charger son architecte de la composition et de la direction de ce travail. Ce fut M. Moreau qui, en conséquence, reçut l'ordre de s'entendre avec l'architecte du prince, M. Contant d'Ivry, qui, de son côté, devait faire les intérieurs et les coordonner avec les façades dont la ville de Paris payait la reconstruction.

Il suffit de jeter les yeux sur l'état des choses et d'examiner avec quelque attention les ouvrages encore existants qui ont été faits après l'incendie de 1763, pour avoir une idée du manque d'harmonie et des résultats fâcheux auxquels l'intervention de deux architectes, divisés de goût et d'intérêt, dans l'exécution du même ouvrage a pu donner lieu. Nous pourrions citer parmi les nombreux désordres et les irrégularités produits par ce singulier arrangement l'exemple d'un gros mur de refend qui se trouve au milieu d'une croisée. Nous aurions à citer encore une grande quantité de fautes pareilles, outre les erreurs de niveau et d'alignement que l'on rencontre à chaque pas dans toutes les parties de l'édifice. Telles seront toujours les conséquences que devront subir les bâtiments dans la construction desquels deux volontés indépendantes et nécessairement opposées seront mises en action.

Tandis que l'architecte de la ville, M. Moreau, bâtissait l'Opéra et toute la façade du palais sur la rue Saint-Honoré, M. Contant faisait les vestibules, les appartements et le grand escalier, ouvrage remarquable, d'un très-bel effet et digne d'éloges.

Il était ordonné au premier d'élever une salle de spectacle plus vaste, plus magnifique que celle brûlée; mais il lui était interdit d'en montrer l'apparence au dehors. On voulait que le second, dans la partie que le théâtre n'occupait pas, trouvât des dispositions grandes, riches et commodes, sans tou-

tefois pouvoir disposer à son gré des façades sur lesquelles
étaient percées les croisées et les ouvertures des pièces qu'il
devait orner. Enfin, des deux côtés, chacun montra beaucoup de talent, peu d'accord ; et, dix-huit ans après, le feu,
qui incendia une seconde fois la salle de l'Opéra, détruisit
une grande partie d'un travail qui ne faisait honneur à personne. Il fallut donc une autre fois, comme nous allons le
dire, chercher les moyens de reconstruire et de rendre convenable un palais qui devait présenter des difficultés d'exécution beaucoup plus grandes encore.

Possession de Louis-Philippe-Joseph, duc d'Orléans. 1780.

Depuis un an Louis-Philippe-Joseph, fils de Philippe d'Orléans, jouissait du Palais-Royal, que par anticipation d'hoirie,
son père, après son mariage secret avec madame de Montes-
son, lui avait cédé. Déjà le duc de Chartres se préparait à y
faire des améliorations, lorsque, le 8 juin 1781, après une re-

Second incendie de l'Opéra. 1781.

présentation d'Orphée, la salle de l'Opéra prit feu, et tout en
peu d'instants fut encore de nouveau consumé par les flammes. Après ce grand événement, dont nous avons été témoins,
on s'occupa avec un empressement extraordinaire de réparer
les dégâts, et de montrer les progrès que les arts, et surtout
l'architecture, avaient faits. Tous les talents furent appelés;
les architectes les plus habiles présentèrent des projets, et
dans le nombre, les plans de M. Louis, qui, par la construction récente de la salle de spectacle de Bordeaux s'était fait
un nom, et qui était déjà chargé des embellissements du palais,
obtinrent la préférence.

Projets de M. Louis. 1781.

Cet architecte justement vanté n'eut pas, comme son pré-
décesseur, à supporter la condition obligatoire de voir s'élever dans l'une des ailes du palais qu'il devait rebâtir la salle
de l'Opéra dont un autre aurait donné les dessins. L'administration qui, en 1763, avait accordé quatre années pour faire

une salle nouvelle en remplacement de celle que le cardinal avait primitivement bâtie, impatiente et pressée de jouir, refusa de donner en 1781 le temps que la construction exigeait. Elle avait alors les intérêts et les goûts d'un public exigeant à satisfaire. L'Opéra, au comble de sa gloire, était pour les Parisiens un amusement dont on ne pouvait se passer ; en rester long-temps privé semblait chose impossible; attendre la fin des discussions préparatoires du projet qui parmi tant de concurrents devait être préféré, c'était apporter à l'exécution d'un ouvrage impatiemment désiré des retards inadmissibles; il fallut se résigner, quitter le Palais-Royal et recourir au provisoire. On accepta le plan de M. Lenoir, qui, dans un terrain acheté par la ville de Paris sur le boulevard, près la porte Saint-Martin, s'engagea à faire en six semaines la salle que l'on voit encore aujourd'hui sous le nom de Théâtre de la Porte-Saint-Martin. Les travaux commencèrent le 22 juillet 1781, et l'ouverture du théâtre eut lieu le 5 octobre de la même année.

Opéra provisoire sur le boulevard de la porte Saint-Martin. 1781.

L'Opéra, malgré les clameurs du plus grand nombre, n'eut pas à regretter son éloignement du centre de la ville et sa translation sur le boulevard, à l'entrée d'un faubourg ; car, s'il perdit en dignité en se plaçant ainsi près des petits théâtres, il gagna en recettes. On assure que ce fut la première fois, depuis son institution, qu'il put se soutenir avec ses produits sans secours étrangers.

La salle que M. Lenoir a bâtie au boulevard était moins magnifique, mais plus grande, d'une meilleure coupe et beaucoup plus commode que celle du Palais-Royal. On en blâma le goût, mais on ne put s'empêcher de vanter l'adresse et l'habileté avec lesquelles, en moins de deux mois, cette grande entreprise avait été miraculeusement terminée; d'un autre côté, le palais, débarrassé d'un voisin fort amusant sans doute, mais dangereux et incommode, dut présenter une difficulté de moins à l'homme habile qui devait le rétablir pour en faire une résidence digne d'un prince.

L'époque à laquelle la seconde restauration du Palais-Royal fut entreprise doit être remarquée. C'est celle où les arts, et particulièrement l'architecture, éprouvaient les symptômes de l'effervescence extraordinaire qui, dans toutes les classes, dans toutes les professions, annonçaient les efforts et les besoins d'une amélioration prochaine. Les bonnes maximes, les saines doctrines, depuis long-temps oubliées ou méconnues, étaient invoquées; la science étendait partout ses lumières, et déjà quelques maîtres habiles, parmi lesquels M. Louis tenait un rang distingué, commençaient à les mettre en pratique. Cet architecte était, à tous égards, comme il parut ensuite, digne de la préférence qui lui fut accordée; et, quoiqu'en plus d'un point on ait à lui reprocher de fréquents écarts de goût et même de grands défauts de correction, il faut reconnaître qu'il conçut pour le Palais-Royal un plan vaste, ingénieux et généralement admiré. Ce projet est celui que nous donnons sous le n° 36, let. W.

Plan de 1784, n° 36, let. W.

Construction des bâtiments du jardin.

La forme désagréable, l'irrégularité choquante des habitations qui bordaient le jardin en trois sens, les inconvénients continuels auxquels donnaient lieu les concessions et les privilèges dont chaque propriétaire jouissait, firent naître l'idée d'isoler la promenade et de l'entourer de portiques, au dessus desquels on éleva des bâtiments dont la décoration et l'ordonnance devaient s'accorder avec celles de la grande façade du palais. Cette disposition, principale pensée du projet de M. Louis, privait les voisins de la vue et de l'accès du jardin; elle diminuait beaucoup son étendue; on se plaignit, on blâ-

ma ; des procès furent intentés; on opposa à ceux-ci un arrêt
du parlement et des lettres patentes du roi, en date du 13
août 1784, qui autorisent le duc d'Orléans à exécuter entièrement les constructions commencées pour l'amélioration et
l'embellissement de l'apanage de la maison d'Orléans, avec
permission d'acenser les terrains et les bâtiments composant
en tout trois mille cinq cents toises, au prix de vingt sous par
toise. On rapporta, pour exemples de concessions pareilles ,
les terrains de la place Dauphine, qui formaient l'ancien jardin du palais des rois de France, avant Henri IV, et ceux du
palais des Tournelles sous Charles IX. Les clauses , outre les
conditions de la redevance pour l'acensement , sont de rem-
bourser le prix des constructions après l'expiration de l'em-
phytéose, à charge toutefois, par les possesseurs, d'entretenir
à perpétuité et de reconstruire les bâtiments dans le même
état de solidité , forme, dimension et décoration ; enfin, de
réserver pour le service du palais les galeries de circuit et les
vestibules autour du jardin. Ensuite, pour répondre à ceux
qui blâmaient ces constructions nouvelles et le rétrécissement
du jardin, on essaya de l'embellir en y ajoutant des enjolive-
ments divers, et, entre autres, un cirque qui, comme les deux
théâtres dont nous venons de parler , devint, peu après, la
proie des flammes, le 16 décembre 1799. On accusa , mais
sans preuves , les locataires d'avoir mis eux-mêmes le feu à
l'édifice pour se soustraire à des dettes pressantes et mettre
ainsi un terme à leurs mauvaises affaires.

Construction du
Cirque. 1786.

Incendie du Cir-
que. 1799.

Le cirque du jardin du Palais-Royal était ingénieusement
décoré en compartiments de treillage; il figurait un bosquet
peu élevé, au centre de la promenade, avec des plantations
d'arbustes et des effets d'eau fort agréables qui occupaient le
dessus de la terrasse formant sa couverture. La hauteur de

cette construction, pour ne pas obstruer la vue, se trouvait moitié au dessus et moitié au dessous du sol. On devait y arriver, des appartements, par une petite galerie à jour avec terrasse au dessus, et par un couloir souterrain dans les parties basses du palais. Le cirque était destiné à des exercices d'équitation, qui n'eurent jamais lieu. On y tint des assemblées savantes et politiques; on y donna des fêtes, des repas, des jeux, des bals et des représentations scéniques, avec des expositions d'objets d'art et de curiosité. Son étendue occupait entre les deux allées l'emplacement du bassin avec une partie des deux parterres. Il fut d'abord loué à Rose, restaurateur, qui y bâtit à ses frais un petit théâtre; puis à Gervais et Desaudrais, jusqu'à l'époque de l'incendie.

Le jardin du Palais-Royal, primitivement planté par le cardinal, avait reçu quelques embellissements pendant la possession du régent et pendant celle du prince son fils. On avait remplacé le mail, ainsi que le manége, par des avenues et des quinconces d'arbres. Desgots, neveu de Lenôtre, en avait changé les dispositions en 1730; mais il avait conservé la célèbre grande allée de marronniers, dont la beauté était vantée et qui n'a été abattue qu'en 1781.

Distribution du jardin. 1781.

La construction des bâtiments qui entourent le jardin a précédé celle du palais, non pas, comme on l'a dit, parce qu'en faisant de ces bâtisses un objet de spéculation, qu'on était pressé de vendre ou de louer, il fallait n'apporter aucun retard à leur achèvement, mais parce qu'en bâtiments, comme en affaires plus importantes, avoir une volonté, prendre un parti et marcher sans s'arrêter n'est pas toujours chose facile.

Depuis long-temps la restauration nécessaire et la reconstruction du palais étaient regardées comme une affaire importante, qui ne pouvait être différée; on s'en occupait avec

ardeur, et le projet signé Louis, pl. 36, let. W, approuvé par
le prince le 12 juin 1781, quatre mois avant l'incendie de
l'Opéra, fait connaître le parti auquel, sans prévoir la destruction du théâtre, on avait cru devoir s'arrêter. Ce plan, rap-
porté pl. 86, let. W, conserve la cour avec la décoration du
côté de la place du Palais-Royal; il divise l'espace opposé du
côté du jardin en deux autres cours, avec des colonnades ou-
vertes et des appartements au-dessus. Mais bientôt, de nouvelles idées, des projets différents firent révoquer l'approba-
tion donnée: on voulut trouver mieux; on se jeta dans l'espace infini des perfectionnements et des hésitations; on ba-
lançait encore lorsque l'aile des Princes était démolie, lorsque
les fondations de celle du milieu étaient jetées et les bâtiments
du jardin élevés.

Plan de 1 781, pl. 36
let. W.

Le prince, au milieu de ces vacillations et des questions
auxquelles son incertitude donnait lieu, s'était fait construire
dans l'espace des dernières arcades 178-179-180, attenant à
l'aile droite de son palais, sur le jardin, un petit appartement
fort étroit, dans lequel il s'était résigné à attendre la fin des
discussions, que les diverses opinions de chacun sur le per-
fectionnement du Palais-Royal faisaient naître.

Les bâtiments du jardin étaient construits; l'Opéra, qui
gagnait de l'argent, se croyait mieux au boulevard; et dès qu'il
parut déterminé à ne plus revenir, on chercha, mais trop tard,
les moyens de le rappeler. On essaya, malgré ses refus, malgré des oppositions formelles, de le tenter en faisant, du côté
de la rue de Richelieu, sur l'emplacement où était le jardin
des Princes, une salle que les talents de M. Louis ont su rendre remarquable. Le plan que nous donnons, pl. 37, let. W,
indique la disposition de cette salle avec les changements
auxquels elle a donné lieu; commencée en 1786, elle n'a pu

Second plan. 1786,
n° 37.

être terminée qu'en 1790. C'est alors qu'au lieu de trois cours, selon le projet approuvé d'abord, on prit le parti de n'en faire que deux. La plus grande, celle sur le jardin, que l'on nomma la cour d'honneur, devait avoir toute l'étendue qu'elle a aujourd'hui ; le grand escalier des appartements nouveaux se trouvait placé dans l'aile du milieu, à l'extrémité du second vestibule du côté de la cour ; il conduisait à la galerie du théâtre et aux appartements de ce côté. On n'a bâti de ce projet, qui sans doute est préférable au premier, que le mur de face du pavillon en répétition de celui qui a été élevé par M. Coutant sur la place du nord, et les deux murs de l'entrée de l'escalier.

Les événements qui marquèrent la fin du siècle dernier, un besoin de perfectionnements autres que ceux d'un palais, mettaient l'agitation dans tous les rangs et changeaient toutes les fortunes ; il fallut, pour s'occuper des intérêts publics, suspendre et même arrêter entièrement les constructions du Palais-Royal, que les hésitations précédentes avaient déjà trop retardées. Pendant que l'on cherchait à donner au Palais-Royal la grandeur et la magnificence désirables, pendant qu'on y discutait sur les moyens d'y rétablir l'Opéra, dont la cour voulait le priver, Gaillard et Dorfeuille avaient obtenu la permission d'élever à leurs frais une salle provisoire, bâtie en charpente, sur le terrain du jardin des Princes, dans la prolongation de l'aile du côté de la rue de Richelieu. On y joua pendant trois années, sous le titre de *Variétés amusantes,* de petites pièces dans le genre de celles qui attiraient alors la foule au boulevard. Tandis que l'Opéra prospérait dans un emplacement que l'on trouvait peu digne de son rang, le Palais-Royal avait, outre le théâtre des Variétés dans lequel les Bordier, les Beaulieu, les Barrotheau se sont fait un

Salle provisoire des Variétés. 1787.

nom, une seconde petite salle à l'extrémité de l'aile gauche
du jardin, que l'on appelait la salle des Comédiens du comte
de Beaujolais. Ce théâtre, comme celui d'Audinot, lorsqu'il
s'établit au boulevard, devait avoir des comédiens de bois,
avec des chanteurs et des récitants dans la coulisse. Il parvint
peu après à montrer de petits enfants qui faisaient les gestes
tandis que les acteurs cachés récitaient et chantaient derrière
la toile. C'est là que, dans la suite, Jocrisse, Cadet-Roussel,
Brunet s'est fait la réputation qu'il a long-temps conservée.
Cette petite salle, construite aux frais du prince, sur les dessins de M. Louis, dans les années 1782 et 1783, subsiste encore, mais avec de grands changements dans sa décoration.
Elle fut d'abord louée par bail du 30 août 1783 à Gardeur,
pour la somme annuelle de 15,000 francs. Desmarets l'acheta
le 25 juin 1787, et la céda à la dame Montensier pour la
somme de 570,000 francs, qui ne furent pas payés. Ayant
été revendue en 1814, par expropriation forcée, elle est
maintenant encore salle de spectacle après avoir servi
long-temps de café, de salle de concerts et autres.

Petite salle Beau-
jolais. 1783.

L'époque où nous voici est celle à laquelle les palais comme
les chaumières durent éprouver les désastreux effets des dernières années du siècle passé. La restauration du Palais-Royal,
retardée, comme nous l'avons dit, par des vacillations, des in-
certitudes et des changements continuels, aurait pu être ache-
vée lorsque les événements firent tout suspendre et laissèrent
les choses dans un état de désordre difficile à expliquer. Les
bâtiments du jardin en trois sens étaient terminés et en grande
partie vendus ; le jardin était planté, le cirque au milieu occupait l'espace du bassin avec une partie des parterres ; l'aile
entre le jardin et la cour était à quelques pieds au dessus du sol ; la façade du bâtiment principal était élevée.

Construction des
galeries de bois. 1786.

C'est alors que, ne pouvant continuer les constructions commencées, on avait permis à Romain, sous le prétexte de mettre à l'abri les choses faites, d'élever en planches provisoirement, pour trois ans seulement, des hangars sous lesquels on pratiqua, entre la cour et le jardin, plusieurs rangs de boutiques, dont la location annuelle, accordée ensuite à Lavoyepierre, était de 54,000 francs. On appela cet arrangement de bâtisses *le camp des Tartares*, puis *les galeries de bois*, et la dernière partie de ces misérables échoppes, qui tombaient en ruine, qui étaient condamnées depuis long-temps, n'a pu être démolie, après quarante ans d'existence, qu'au commencement de l'hiver de 1829, pour l'achèvement de la galerie d'Orléans, dont nous allons parler.

Lavoyepierre, qui succéda à Romain, avait obtenu, en 1792, un nouveau bail des galeries de bois et des bâtiments en retour, qu'il s'engagea à rebâtir sous le nom de *galerie vitrée*. Ce bail a duré jusqu'en 1804. Gaillard et Dorfeuille, qui, dans cette même partie, exploitaient la salle des Variétés construite à leurs frais, avaient souscrit, le 6 février 1787, un bail pour la location de la nouvelle salle que l'on élevait sur la rue de Richelieu, et dans laquelle on avait eu l'intention de ramener l'Opéra. Cette construction était faite avec un grand art; la charpente de la couverture, les planchers, les plafonds, les supports des loges étaient en fer et le reste en maçonnerie et pierre, de manière à éviter toute cause d'in-

Location de la salle
de spectacle du Pa-
lais-Royal, à Gaillard
et Dorfeuille. 1787.

cendie. Nous aurons plus tard à vanter ce travail lorsque nous parlerons des changements qu'il a subis. La salle devait être livrée le 1er avril 1789 à Gaillard et Dorfeuille qui, par l'acte du 6 février 1787, promettaient de donner 300,000 francs, et de payer pendant trente ans une location annuelle de 24,000 francs; mais les travaux n'ayant pu être terminés pour le temps prescrit, ils n'en prirent possession qu'un an après, en 1790.

Il n'entre pas dans le sujet que nous traitons de rapporter les grands événements dont le Palais-Royal a été le théâtre, ni de rappeler ceux qu'il faudrait oublier. Nous ne détournerons pas les yeux des constructions qui sont l'objet de notre travail; nous passerons promptement des jours funestes où nous sommes pour arriver à l'époque à laquelle, après les plus terribles catastrophes, cet édifice à demi bâti, en partie vendu, envahi par des privilégiés, abandonné à des locataires, spolié et dégradé jusque dans ses moindres divisions, est devenu propriété nationale.

Les clameurs des créanciers nombreux qui troublèrent les derniers instants de Louis-Philippe-Joseph d'Orléans, avaient déterminé ce prince à leur abandonner sans réserve la totalité des biens dont il lui était permis de disposer. Des mandataires sans foi, après avoir abusé des droits que le concordat du 9 janvier 1792 leur avait donnés, se partagèrent des dépouilles que personne ne pouvait plus défendre. Tout ce qui était de nature à donner profit fut vendu par eux; le palais même, s'il eût été moins informe et plus habitable, serait devenu leur proie. Sauvan, dans cet excès de désordres, Lhomme, Behagues, Monsigni, Degon se rendent acquéreurs des bâtiments que, par l'acte du 30 juillet 1793, ils étaient autorisés à vendre. Brossart, Lucas, Roquefort et Gondoin deviennent propriétaires de la cour des Fontaines, le tout pour la somme de 816,300 francs. Les autres maisons dépendantes du palais sont vendues de la même manière. Gaillard et Dorfeuille, par acte du 22 octobre 1793, restent maîtres, pour une somme d'un million 800,000 francs (en assignats), du théâtre dont ils étaient locataires. Mais ils ne peuvent payer; ils s'associent

Concordat du prince avec ses créanciers. 1792.

Vente de la cour des Fontaines, du théâtre, etc. 1793.

plusieurs acteurs de la Comédie-Française qui, dans l'épouvantable chaos du moment, avaient quitté l'Odéon. Ceux-ci élèvent en rivalité un théâtre que l'on nommait le théâtre de la République; et Julien, après avoir prêté les sommes nécessaires à l'exécution de cette entreprise, se trouve propriétaire de la salle, sans qu'il soit possible d'expliquer comment il avait pu devenir acquéreur d'une partie aussi importante du palais, dont aucune loi, aucun acte n'avait autorisé la vente.

Théâtre de la République. 1792.

Éloignons-nous promptement de ces années de troubles, et tâchons d'arriver à des temps meilleurs. Après avoir encore vu, dans la journée du 13 vendémiaire an IV (5 octobre 1795), lorsque les factions étaient aux prises, les colonnes du théâtre de la rue de Richelieu mutilées par les coups de canon des vainqueurs; après avoir été témoins des dégradations dont elles portent encore les traces, remarquons un instant Sageret, directeur de plusieurs théâtres, devenu locataire et entrepreneur de celui de la République, avec l'autorisation, selon l'acte du 1er juillet 1799, d'y faire pendant vingt années que doit durer son bail, au prix annuel de 60,000 francs, tous les changements, toutes les constructions et décorations qu'il jugera nécessaires. Signalons ce spéculateur faisant subir à l'édifice dont il méconnaît le prix des dégâts et des déformations que plus tard il faudra réparer. Laissons derrière nous ces jours de désastres et passons à l'aurore de temps meilleurs.

Journée du 13 vendémiaire an IV.

Sageret, locataire
du théâtre de la République. 1799.

Un capitaine heureux et habile s'est emparé des rênes de l'État, que l'incapacité et l'intrigue laissaient tomber. Engagé dans une expédition lointaine, il a laissé aux lieutenants de son armée le soin de sa conquête; il a traversé les mers; il est revenu, et la France, aux premiers de ses regards, va sortir des ruines et des désastres dans lesquels elle était plongée.

Le général Bonaparte revient d'Égypte. 1799.

Bientôt le Palais-Royal , débarrassé des tripots, des maisons de jeu et des établissements de corruption, est donné au Tribunat pour en faire le lieu de ses séances. Une grande salle d'assemblée est nécessaire ; M. Blève, que le ministre de l'intérieur, Lucien Bonaparte, protége, en conçoit les premiers plans, et M. Beaumont, devenu architecte du Tribunat, les termine.

Construction de la salle du Tribunat. 1801.

Il était sans doute difficile de trouver, dans l'étendue et dans les proportions du Palais-Royal, l'espace suffisant pour une assemblée de cent membres; le pavillon neuf de la cour du côté du jardin, resté sans être achevé, parut le seul emplacement convenable. On détruisit quelques distributions au premier ; on prolongea le cercle de l'amphithéâtre jusqu'à la naissance de l'aile gauche de la cour d'entrée; on profita habilement du peu d'espace que l'on avait, et quoique cet ouvrage ait été fait légèrement, à la hâte, en matériaux peu solides, il faut rendre justice à l'auteur, et reconnaître qu'il a mérité des éloges, tant pour la belle ordonnance de la décoration que pour la recherche et le bon goût des différentes parties de l'ensemble. La salle du Tribunat, bâtie en 1801, a été démolie en 1827, pour la continuation des grands appartements, après avoir servi, pendant treize ans, de chapelle au palais.

L'homme extraordinaire, que les complots journaliers et les attaques continuelles de ceux qui méditaient sa perte firent arriver au trône, ne vit pas sans inquiétude, dans ces moments de troubles, la tribune du Palais-Royal, qu'il avait lui-même élevée. Le général Bonaparte, devenu empereur, résolut de supprimer le Tribunat afin de rester maître, sans contradiction , des destinées de la France, qu'il avait dessein d'élever au plus

Suppression du Tribunat.

4

L'empereur Napo-
léon visite le Palais-
Royal. 1807.

haut degré de gloire. C'est alors que, dans le mois d'août 1807,
il vint au Palais-Royal avec nous pour reconnaître lui-même
les lieux et indiquer les moyens de leur donner, après le départ
du Tribunat qui les occupait encore, une destination utile. Il
avait désiré voir seul; mais le président du Tribunat, M. Fabre
de l'Aude, qui logeait dans l'aile droite de la cour d'entrée,
inconsidérément prévenu par l'architecte, M. Beaumont, s'é-
tant présenté, la visite fut terminée; on s'arrêta au second
salon, sans vouloir aller jusqu'à la salle des séances. Napoléon
mécontent gagna l'escalier et se retira. La mauvaise réputation, les impressions défavorables que les récits de chacun
donnaient habituellement au Palais-Royal, et que l'examen
des lieux aurait certainement diminuées, subsistèrent, et rien
depuis ne put les détruire.

Après la dissolution du Tribunat, le Palais-Royal, toujours
mal famé, n'a pu être complétement évacué ; les hommes ac-
coutumés à vivre de faveurs, ceux qui savent entrer partout,
et qu'il est si difficile de faire sortir, continuèrent à y occuper
les logements dont ils s'étaient emparés. Ils promettaient de
les rendre dès qu'une disposition ou un arrangement définitif
l'exigerait, et plusieurs en 1814 s'y trouvaient encore, car
jusque-là il n'avait été pris aucune détermination, quoiqu'un
grand nombre de plans et de projets de toute espèce eût été
présenté. Le Palais-Royal, après la suppression du Tribunat,

Réunion du Palais-
Royal au domaine ex-
traordinaire de la cou-
ronne. 1807.

avait été réuni aux domaines de la couronne, dont il a fait
partie jusqu'à la rentrée des Bourbons, en 1814.

Projets sur le Pa-
lais-Royal.

On proposa d'y établir la Bourse avec le tribunal de com-
merce et tout ce qui en dépend ; on voulut y placer le chef-
lieu de l'état-major de la place de Paris, puis l'hôtel du gou-
vernement de la ville, puis encore le palais des beaux-arts

avec les écoles de peinture, de sculpture et d'architecture ; on imagina d'y reporter une autre fois, mais isolément, au milieu de la grande cour, le théâtre de l'Opéra, avec des salons de bal et des appartements de fête ; enfin , lorsque parvenu au sommet de la puissance , Napoléon manquait de palais pour recevoir les rois qui venaient rendre hommage à sa gloire, il fut question d'ajouter le Palais-Royal au plan général de la réunion du Louvre et des Tuileries , et de faire en sorte que par des arcs, par des galeries , des colonnades , ces trois grands édifices réunis présentassent le plus vaste ensemble et la plus magnifique résidence de souverain connue. *Voir* le plan, let. C, pl. 7.

Ces projets, comme tant d'autres du même temps, n'eurent aucune suite, et le Palais-Royal, qui n'avait été amélioré en rien par le séjour du Tribunat , resta dans les dernières années de l'empire tellement déprécié , que plusieurs ne craignirent pas d'en proposer la vente pour en faire un objet de spéculation et le livrer à l'industrie : conséquence nécessaire, disait-on, du parti que l'on avait précédemment pris à l'égard des bâtiments du jardin.

Cependant, malgré ces préventions défavorables que des hommes marquants cherchaient à entretenir, Napoléon, choqué de l'aliénation du théâtre qu'il avait voulu plusieurs fois racheter, ordonna que les ventes faites par les créanciers mandataires fussent revues, pensant bien qu'elles n'étaient pas toutes régulières, et que les titres de ceux qui étaient devenus propriétaires devaient être examinés. Cet ordre est resté sans exécution.

Ordre d'examiner les ventes du Palais-Royal. 1810.

Nous voici maintenant à l'époque où le Palais-Royal, rendu à la maison d'Orléans, après vingt-deux ans de dépossession, va sortir de ses antiques décombres et prendre une forme

nouvelle sous la main d'un prince juste, sage, aussi remarquable par ses belles qualités que par ses lumières, d'un
homme digne en tout du rang suprême auquel plus tard l'es-
time et l'admiration des Français l'ont appelé.

Louis-Philippe d'Orléans, marié depuis le 25 novembre
1809 à la princesse Amélie de Naples, vivait en repos au sein
de sa famille dans une jolie maison de campagne aux portes
de Palerme, oubliant les persécutions dont il avait été l'objet,
pensant toujours à la France, faisant des vœux pour elle, et
se rappelant souvent qu'un des premiers, dans la guerre de
la liberté, il avait pris part aux succès de ses armes. C'est là
qu'il apprit que les portes de son pays s'étaient rouvertes
pour lui, et qu'après un long exil, après tant d'orages, il pouvait reprendre les débris des biens et du toit de ses pères. Revenu à Paris le 20 mai 1814, il est rentré dans le palais que
vingt ans plus tôt il avait quitté pour marcher à l'ennemi,
et qu'il a retrouvé dans un état de dégradation difficile à dé-
crire. Cet édifice, réuni au domaine extraordinaire de la couronne depuis 1807, était rempli d'effets de toute nature; on
en avait fait un magasin dans lequel se trouvaient entassés
des objets d'ameublement de différentes sortes, et entre autres ceux commandés et achetés aux ouvriers de Paris qui
manquaient de travail pendant la campagne de Prusse en
1807. Il fallut tout déblayer en quelques jours, nettoyer, arranger les appartements, et le prince, qui en arrivant s'était
logé en hôtel garni rue Grange-Batelière, vint s'installer, le
25 mai 1814, dans l'appartement de l'aile droite au premier,
du côté de la cour d'entrée. Peu de temps après, ayant donné
les ordres nécessaires, il fit un court voyage en Angleterre, et
repartit ensuite pour aller chercher sa famille qui était restée
en Sicile.

Le Palais - Royal
restitué au duc d'Or-
léans. 1814.

Lorsqu'il revint, le 18 septembre 1814, toute l'aile droite de la grande cour était restaurée et en état de recevoir leurs altesses avec la suite. Mademoiselle prit le logement qu'avait occupé son frère ; Madame avec ses trois enfants , le duc de Chartres et les princesses Louise et Marie , habitèrent le corps de logis en prolongation de l'aile droite sur le jardin du côté de la grande cour. Le prince fit son appartement de réception dans le bâtiment du milieu , et les personnes de sa suite logèrent dans les autres parties du palais qui étaient restées libres ; car le théâtre avec les comédiens, la Bourse provisoire, les locations particulières, et plusieurs habi-tants de faveur occupaient encore plus du tiers de l'é-difice.

A peine ces premiers arrangements étaient terminés , à peine avait-on eu le temps de reconnaître les lieux, qu'il fallut les quitter de nouveau et s'éloigner, avec la crainte de ne plus revenir. Napoléon, sorti de l'île d'Elbe , où les rois coalisés contre lui avaient cru pouvoir faire oublier sa personne et son nom, était rentré en France. Arrivé à Paris le 20 mars 1815, il avait repris sans obstacle sa toute-puissance , et il était remonté sur le trône, dont onze mois auparavant on l'avait forcé de descendre.

Napoléon revenu
de l'île d'Elbe. 1815.

Le duc d'Orléans , après une suite d'événements aussi ex-traordinaires, se vit, à regret sans doute, encore une fois obligé de quitter la France, non pour aller prendre les armes dans les rangs étrangers, qui ne furent jamais les siens, mais pour attendre, avec une sage résignation , la fin d'une lutte qu'il ne croyait pas devoir être aussi prochaine. Sa durée n'excéda pas cent jours. La bataille de Waterloo, le 17 juin 1815, a été le terme de cette audacieuse entreprise , et le ro-cher de Sainte-Hélène fut le tombeau de l'homme extraordinaire dont les actions et les talents étonneront long-temps le monde.

Lucien Bonaparte habite le Palais-Royal. 1815.

Pendant cette époque inconcevable, les frères de Napoléon étaient accourus pour partager sa fortune et ses dangers. Lucien occupa le Palais-Royal, que son frère Joseph, cédant aux préventions accréditées, avait refusé; il s'était logé dans l'aile gauche de la cour d'entrée. Surpris des embellissements et des améliorations que, pendant la courte durée de la possession du duc d'Orléans, le Palais-Royal avait reçus, il en vanta les agréments; il en apprécia les convenances, il admira tout sans rien déranger; et lorsque le prince, rentré dans sa maison après le second rétablissement de la famille des Bourbons, put reprendre le cours des travaux commencés, il vit avec satisfaction que l'on avait respecté son ouvrage. C'est alors que, de retour dans ses foyers et rétabli dans la légitime possession de ses biens, il reprit le travail que les événements avaient interrompu. Il fit pour le Palais-Royal, comme pour toutes les autres parties de ses domaines, ce qu'aucun de ses prédécesseurs n'avait fait avant lui. Il conçut un plan, il l'arrêta après l'avoir long-temps médité; puis il marcha sans déviation dans la voie qui devait mener à son entière exécution.

Seconde rentrée du duc d'Orléans.

Projets de restauration et d'achèvement. 1817.

Il était impossible d'arriver, dans la conception de ce plan, à des arrangements convenables et à des dispositions commodes, sans posséder l'espace et l'étendue nécessaires. Le Palais-Royal, tel qu'il était rendu à Louis-Philippe, n'était plus qu'un squelette informe qui avait perdu une partie de ses membres. La cour des Fontaines, les maisons dépendantes du palais sur la rue Saint-Honoré, le théâtre avec ses accessoires, et une partie de l'habitation principale, étaient vendus ainsi que la totalité des bâtiments sur le jardin. La demoiselle

Montensier, qui avait acquis la maison des trois dernières
arcades de l'aile droite du jardin, n'avait rien payé, comme
c'était assez son usage. Sa vente ayant été annulée en 1814,
la maison fut restituée au prince, qui ne put en prendre possession qu'après l'expiration des baux que cette demoiselle
avait faits à des établissements difficiles à nommer. Il fallut
ensuite racheter successivement les autres maisons vendues,
et traiter de gré à gré avec les propriétaires, qui tous s'em-
pressèrent d'offrir des services, mais qui ne négligèrent rien
pour les faire payer cher. Ainsi Delanoue, de Corneille, Tra-
buchi, Brossard, Bresillon, Gobert, Ozanne, Julien, Ferté,
Lefranc, Conté, Maingot et Menou vendirent successivement, à prix débattu et toujours à leur grand avantage, pour
la somme de deux millions deux cent huit mille huit cents
francs, leurs maisons dont, primitivement, la plupart
avaient fait partie de l'ensemble et des dépendances du
palais.

Plusieurs fois la validité des ventes premières du Palais-
Royal avait été contestée. Napoléon, persuadé qu'on pouvait
les attaquer, avait, comme nous l'avons déjà dit, ordonné que
les contrats fussent attentivement examinés. Le conseil du
prince, composé d'une réunion d'hommes habiles de la plus
haute distinction, pensa de même; et dans les premiers jours
de janvier 1818, Julien, qui tenait des comédiens français la
possession de leur théâtre, eut à soutenir un procès qui fut
plaidé dans plusieurs audiences, et dans lequel deux avocats
célèbres, MM. Tripier et Dupin, déployèrent contradictoire-
ment leurs grands talents. La cause du prince, sans aucun
doute, était bonne, mais le moment n'était pas favorable; on
avait cherché à persuader au public que la cession du Théâtre-Français, dont la construction avait coûté plus de trois

*La demoiselle Mon-
tensier dépossédée de
la maison des arcades
du jardin.
178—179—180.*

*Rachat des maisons
vendues.*

*Procès fait à Julien
pour la restitution du
Théâtre-Français.*

millions, que Gaillard et Dorfeuille avaient acheté pour
moins de deux cent mille francs, qui était un bien apanager,
et qui, au mépris de toutes les lois, avait été vendu chez un
notaire par quatre mandataires sans pouvoirs, serait considé-
rée comme une vente nationale. On trouva que, dans la
circonstance d'alors, il y avait imprudence à susciter un
procès de nature à réveiller des inquiétudes que les dé-
clarations de la Charte n'avaient pas calmées. On craignit que
le jugement, dont le succès paraissait certain, ne répandît
l'alarme parmi les acquéreurs des biens nationaux. Un per-

*Acquisition du théâ-
tre par arrangement
à l'amiable.*

sonnage puissant conseilla d'arranger l'affaire, et l'on finit
par traiter en payant à Julien un million cent cinquante mille
francs pour remboursement des sommes auxquelles lui re-
venait, disait-il, la possession du Théâtre-Français.

La contestation du théâtre étant ainsi terminée, toutes
les recherches relatives aux titres et aux droits des autres acquisitions de même sorte, cessèrent. On prit le parti de
traiter à l'amiable avec chacun, en se bornant à n'acheter
que les maisons nécessaires pour l'entier isolement du
palais.

Le récit des difficultés et des tracasseries auxquelles ces diverses transactions ont donné lieu, tant de la part des propriétaires que de celle des locataires, à qui on a dû également
avoir affaire, pourrait, s'il était permis de descendre à de tels
détails, faire connaître quelle persévérance, quelle résolution
il a fallu apporter pour parvenir à concilier tant d'intérêts
opposés, et satisfaire toutes les prétentions avides que la va-
nité et l'esprit de chicane ont plus d'une fois suscitées.

Les acquisitions principales étaient faites; le rétablissement du Palais-Royal, dont les dispositions avaient été ar-
rêtées en 1817, devint moins problématique. On possédait

l'espace et les moyens d'extension, sans lesquels rien de convenable ne pouvait être entrepris. Cependant il se trouva bientôt d'autres obstacles à vaincre. On était parvenu à contenter à prix d'argent des vendeurs intéressés; mais il restait à mettre en harmonie plusieurs ouvrages exécutés les uns après les autres, sans le moindre accord, et, en quelques parties, dans un but opposé. On avait à réparer ou à cacher de nombreux défauts, qu'une succession de désordres et des circonstances contraires avaient occasionnés; enfin, conserver les choses faites, trouver moyen de les rendre convenables, et surtout ne pas imiter ceux qui jusqu'alors n'avaient travaillé qu'en comptant sur la destruction de ce qui existait avant eux, étaient les conditions rigoureuses du programme dont il n'était pas permis de s'écarter.

Projets et dispositions d'achèvement.

Louis, dont le projet, en grande partie exécuté, était celui qu'il fallait suivre, avait très-peu fait attention à ce qui était bâti par Moreau avant lui. Il n'avait également eu aucun égard pour les ouvrages de Contant et de Lemercier, qu'en achevant son projet, excepté le grand escalier et le vestibule, il espérait détruire; car, selon son premier plan, n° 36, let. W, lorsqu'il divisait le palais en trois cours, ou selon le second, n° 37, let. W, lorsqu'il n'en faisait plus que deux, avec le théâtre du côté de la rue de Richelieu, on reconnaît toujours que son but, sa principale idée était, en faisant un palais nouveau, d'entourer le jardin de constructions, sans beaucoup s'inquiéter de ce que deviendrait le reste. Il espérait, sans doute, que toutes les façades du bâtiment, et surtout celle du corps de logis principal, seraient un jour changées selon la décoration du grand ordre d'architecture qu'il avait adoptée. La pensée qu'avait eue cet architecte, de placer le grand appartement dans l'aile sur le jar-

5

din, n'a pas été approuvée. On a trouvé, avec raison, qu'une construction de grande proportion, s'élevant au dessus des colonnades du rez-de-chaussée, diminuerait beaucoup à l'œil l'étendue, déjà trop resserrée, du jardin ; attristerait l'intérieur de la cour, et donnerait à tout le palais , avec une décoration lourde, une apparence claustrale peu convenable à l'habitation d'un prince.

On a attribué la suspension des travaux en 1786, et, par suite, la construction des baraques de bois en 1787, aux critiques et aux observations qui eurent lieu lorsque les fondations du jardin sortaient de terre, et lorsque la colonnade s'élevait à quelques pieds au dessus du sol.

D'après ces réflexions, il a été décidé que l'on ferait au premier, au lieu d'un grand appartement du côté du jardin, une large terrasse avec deux parties en retour sur les trois côtés de la cour et de plain-pied, avec les appartements des deux ailes ; que des portiques et des colonnades donneraient accès à la grande salle vitrée du milieu et aux boutiques de marchands, auxquels tout le rez-de-chaussée serait affecté ; que pour la façade principale regardant le jardin , le pavillon bâti par M. Louis formerait, avec celui de M. Contant, en portant à la même hauteur l'intervalle entre l'un et l'autre , une partie plus élevée au centre, pour indiquer le corps principal du palais.

La restitution du théâtre a fourni les moyens d'ajouter au premier de ce côté une galerie qui se prolonge jusqu'à la rue Saint-Honoré. On a rejeté , dans les bâtiments acquis à cet effet , les foyers, les magasins, les loges d'acteurs et tout ce qui , pendant la possession de Julien, s'était étendu jusqu'au centre de l'habitation.

Examinant ensuite la façade sur la place , on a pensé que

pour l'améliorer il convenait de répéter du côté de l'aile
gauche, en pratiquant un passage orné de portiques en colonnes, la rue de Valois, ouverte sur l'emplacement de l'O-
péra, après l'incendie de 1781. Ainsi le Palais-Royal s'est
trouvé entièrement dégagé des maisons et des propriétés
particulières, dans lesquelles il était jusqu'alors resté en-
clavé. Cette disposition a donné une sortie à voitures et des
dégagements de plus à la cour d'honneur. *Voy.* le plan
nº 38, let. **W.**

Après ces diverses améliorations, l'ordonnance du dehors,
que l'état ancien n'a pas permis de changer, est devenue
plus uniforme; les intérieurs ont reçu une distribution
meilleure, plus commode et en rapport avec les façades; il a
été pratiqué à chaque étage des couloirs et des corridors
d'un accès facile, de manière à laisser partout la circulation
libre et donner à chaque appartement, à chaque pièce
même, des dégagements utiles. Enfin le palais achevé, avec
toutes les recherches d'une industrie perfectionnée, contient,
outre une grande quantité de pièces nécessaires au service,
une suite considérable de boutiques les plus brillantes de la
capitale, des salons, des salles, des galeries, des bibliothè-
ques, des archives, une chapelle, des logements d'administration et des appartements complets dont l'élégance et l'é-
tendue ne le cèdent à aucun de ceux qui font partie de notre
recueil.

Il serait fastidieux d'entrer dans les détails des petites
subdivisions du Palais-Royal, et de chercher à rendre minu-
tieusement compte des particularités de ce travail qui,
comme nous venons de le dire, a rencontré, pendant le cours
de son exécution, très-peu de chances favorables. Il suffira
de jeter les yeux sur les plans ci-joints sous les nos 33 et 34,

let. W, pour se faire une juste idée des changements successivement ajoutés, et pour indiquer les principales difficultés que chaque partie a dû présenter.

Nous hésitons à placer au nombre des incidents fâcheux,
celui du dernier feu sous la galerie dite des Pantoufles, derrière le théâtre. La négligence de l'une des marchandes qui
vendaient en étalage, dans de petites échoppes, sous cette
galerie, a causé, le 31 octobre 1827, pendant la nuit, un incendie qui, en peu d'instants, a consumé toutes les baraques
et toutes les superfétations légères que l'on allait supprimer.
Les colonnes de la galerie ont été calcinées ; le mur de face
ainsi que la voûte ont été endommagés, et sans les prompts
secours apportés à temps, la totalité du bâtiment Lavoyepierre, dit la Galerie Vitrée, aurait été brûlée. Cet accident,
bien imprévu sans doute, a nécessité des changements qui
ont conduit à un arrangement meilleur. L'incendie, cette
fois, en obligeant à refaire ce que l'on se disposait à conserver, a fourni un moyen de rendre plus complète et plus sim-
ple la disposition précédemment adoptée de ce côté.

Cinq ans avant l'événement du feu, le bail fait aux comédiens en 1822 après le rachat du théâtre, portait qu'en
même temps qu'on restituerait au palais les magasins, les
loges, les foyers d'acteurs, pour les reporter, comme nous
venons de le dire, dans les maisons acquises à cet effet du
côté des rues Saint-Honoré et Richelieu, la salle serait restaurée et repeinte à neuf. En conséquence, on avait dû s'occuper du rétablissement demandé ; le travail, pour lequel on
donnait peu de temps, était difficile ; la disposition de la
salle de 1790 n'existait plus ; sa décoration intérieure était
entièrement détruite ; le plafond en fer et poterie avait été
tranché pour substituer au dessous une voûte en charpente

Incendie de la ga-
lerie du théâtre. 1827.

Bail du théâtre fait
aux comédiens fran-
çais. 1822.

soutenue par des colonnes en bois ; les loges, qui étaient por-
tées par des consoles en fer, et dont la construction ainsi
que celle de toute la salle avait été ingénieusement com-
binée, de manière à n'employer que des matières incom-
bustibles, étaient changées et refaites en menuiserie,
comme celles des théâtres ordinaires. Un rang de colonnes
en porte à faux sur la voûte du premier plancher obstruait
la vue des spectateurs du premier et du second rang ; on
croyait avoir substitué à des ornements dont le goût pouvait
être critiqué une décoration de meilleure architecture, mais
on avait eu peu d'admirateurs. Enfin tout le travail manquait de solidité, et depuis long-temps différentes parties
menaçaient ruine.

On se mit donc à réparer la salle du Théâtre-Français, selon
les clauses du bail précité. Cette entreprise a été faite en deux
mois ; commencée le 1er juillet 1822, elle a été terminée le 31
août. La dépense s'est élevée à 300,000 francs.

Les colonnes ayant été supprimées et remplacées par des
supports en fer, le système d'incombustibilité au moyen
de la construction en fer, plâtre et poterie, qui avait été
en partie détruite, a été rétabli, autant que possible, tant
dans les loges que dans les planchers qui les soutiennent. La
voûte en bois a dû être conservée ; la décoration a été re-
faite ; les communications, les entrées, les dégagements sont
devenus plus faciles et plus convenables. Mais la salle de
1822 est peu digne de remarque ; elle n'est pas celle qu'avait
faite M. Louis en 1790.

La dernière partie des constructions qui devaient com-
pléter le rétablissement du Palais-Royal était entreprise
lorsque le grand événement des trois journées de juillet
1830 plaça le duc d'Orléans sur le trône de France. Ce

Réparations de la salle du Théâtre-Français.

Le duc d'Orléans, roi des Français.

prince habitait alors depuis quatre mois sa jolie maison de
Neuilly ; il y goûtait , dans le calme de la vie privée , les dé--
lices d'une campagne agréable. Il venait, presque chaque
jour, ordonner et suivre les travaux du palais dont l'achèvement était le principal objet de ses pensées ; la moitié de
l'habitation était remplie d'ouvriers lorsque la révolution
arriva, et c'est en traversant des salles dont les planchers
étaient en construction, que les députés du peuple et des
corps constitués de l'Etat sont venus le supplier d'accepter
la lieutenance générale du royaume, puis la couronne que
la branche aînée de sa famille n'avait pas su garder.

Dans ce moment , l'aile gauche de la grande cour , du
côté du théâtre , était bâtie , les charpentes en fer du comble étaient en place , les planchers également en fer étaient
achevés ; on touchait sur tous les points à la fin de cette
grande restauration qui avait exigé , sans interruption , sans
changement, dix-huit ans de travail , et dont la dépense ,
y compris celle des acquisitions, s'élevait à près de onze
millions.

Déjà précédemment les rétablissements du Palais-Royal,
dont on voyait chaque jour les progrès, étaient vantés ; on
avait admiré la prévoyance, le bon ordre et la sagesse qui
présidaient à cette belle entreprise ; plusieurs avaient re-
marqué que le prince , loin de donner à son palais l'apparat,
la splendeur, la magnificence ordinaires de la demeure des
rois , avait voulu que le bon goût, inspiré par le besoin ,
guidé par la raison , parût en toutes choses , sans jamais
repousser l'élégance et la beauté. Il n'avait pas craint de
partager son habitation avec des marchands, dont l'industrie lui paraissait être une décoration honorable ; mettant à
profit, avec un discernement judicieux, toutes les décou-

vertes et les ressources des arts utiles, il avait employé ses
richesses à créer des ouvrages qui, jusque dans les plus min-
ces détails, étaient présentés comme des modèles de la per-
fection. Enfin, après ces derniers travaux, le Palais-Royal,
autrefois si décrédité, était tellement réhabilité dans l'opi-
nion publique que les autorités administratives, jusque-là
insouciantes à son égard, ont voulu prendre part à sa restauration et concourir à ses succès. Un magistrat éclairé,
faisant les fonctions d'édile, M. de Belleyme, préfet de po- Le préfet de police
lice, usant des droits de sa charge, est venu demander, concourt à l'embellissement du Palais-
en 1829, aux occupants des maisons qui entourent le jar- Royal. 1829.
din, compte des usurpations et des infractions qu'en différents temps, au mépris des actes de vente, chacun s'était
permises. Il a fait disparaître, non sans peine, les enseignes
pendantes, les devantures saillantes, les étalages, les superfétations qui anticipaient sur la voie publique des galeries,
et qui déformaient les façades que les actes de vente obli-
geaient à conserver.

Après avoir ainsi rétabli l'ordonnance et la symétrie de
l'architecture au pourtour des galeries du jardin, les mêmes
recherches et les mêmes soins ont été portés dans les autres
parties qui composent l'ensemble du palais ; tout a été per-
fectionné ou réparé, jusqu'à l'éclairage habituel qui, par
l'arrangement, la forme et le nombre de lumières tirées du
gaz, répand chaque soir un éclat que l'on croirait être celui Éclairage du Palais
d'une fête. Enfin, c'est avec orgueil, il faut l'avouer, que par le gaz.
les habitants de Paris peuvent maintenant faire voir aux
étrangers le Palais-Royal comme un édifice dont il est difficile de trouver un second exemple ailleurs. On le regarde à
juste titre comme l'une des belles choses dont le pays s'honore, comme l'une de celles qui doivent servir à faire con-

naître l'esprit d'ordre et les hautes qualités du souverain que
la France a choisi.

Tel est le récit sommaire des constructions successivement ajoutées au Palais-Royal pendant environ deux cents
ans, sous neuf propriétaires, depuis le cardinal de Richelieu jusqu'au roi Louis-Philippe, qui les a achevées. Il ne
nous appartient pas de vanter ces derniers ouvrages, dont
la conduite nous a été confiée. Chargé d'une tâche aussi
difficile, nous avons en tout point exécuté, le mieux que
nous avons pu, les ordres qui nous étaient donnés; et
si quelques éloges peuvent être accordés, c'est à la haute
sagesse du prince qui a tout conçu, tout réglé, qu'ils doivent revenir.

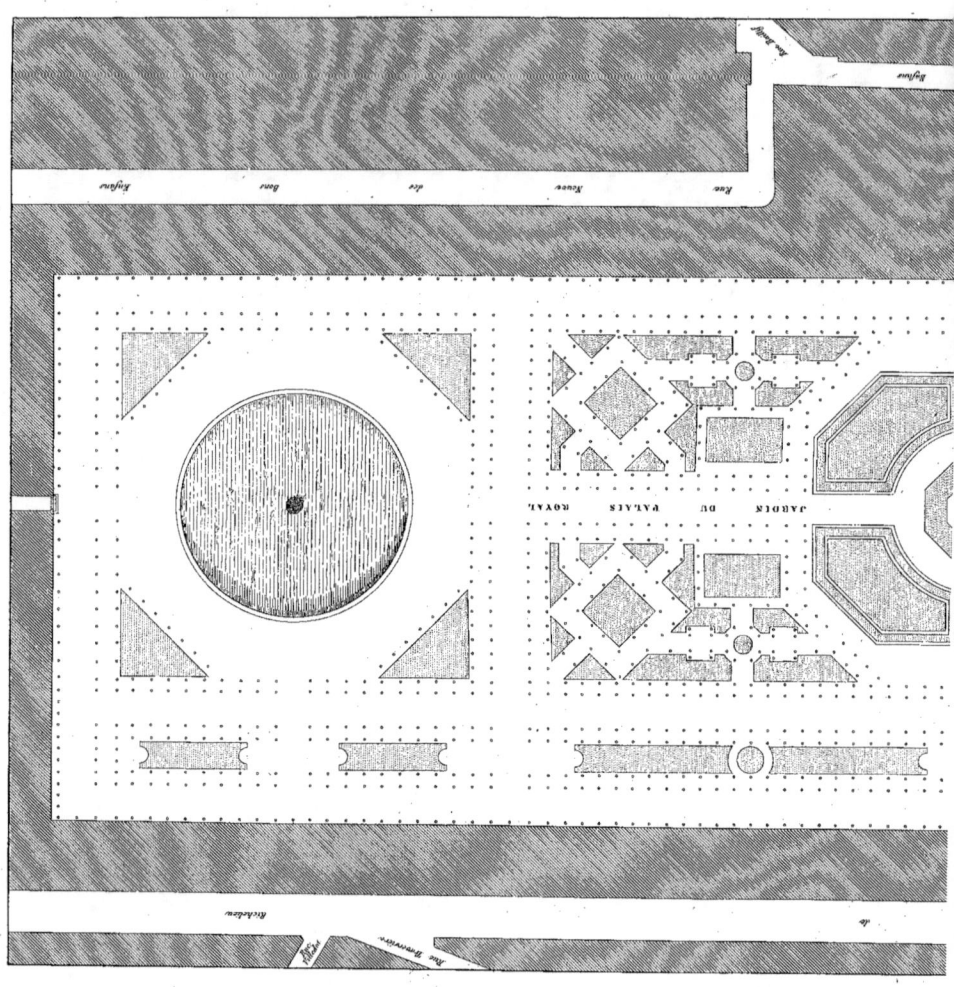

Pl. 2.

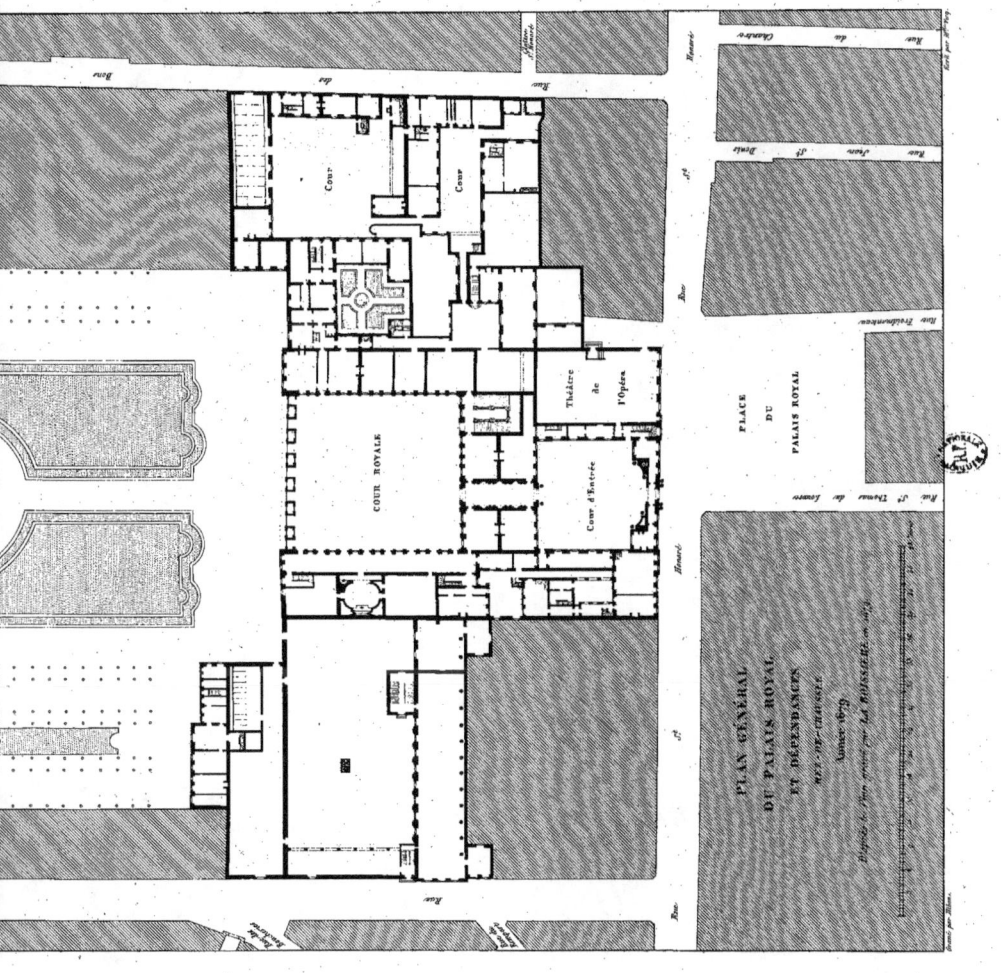

PLAN GÉNÉRAL
DU PALAIS ROYAL
ET DÉPENDANCES
REZ-DE-CHAUSSÉE
Année 1679.

Dessiné & Plan restoré par LA BOISSIÈRE en 1679.

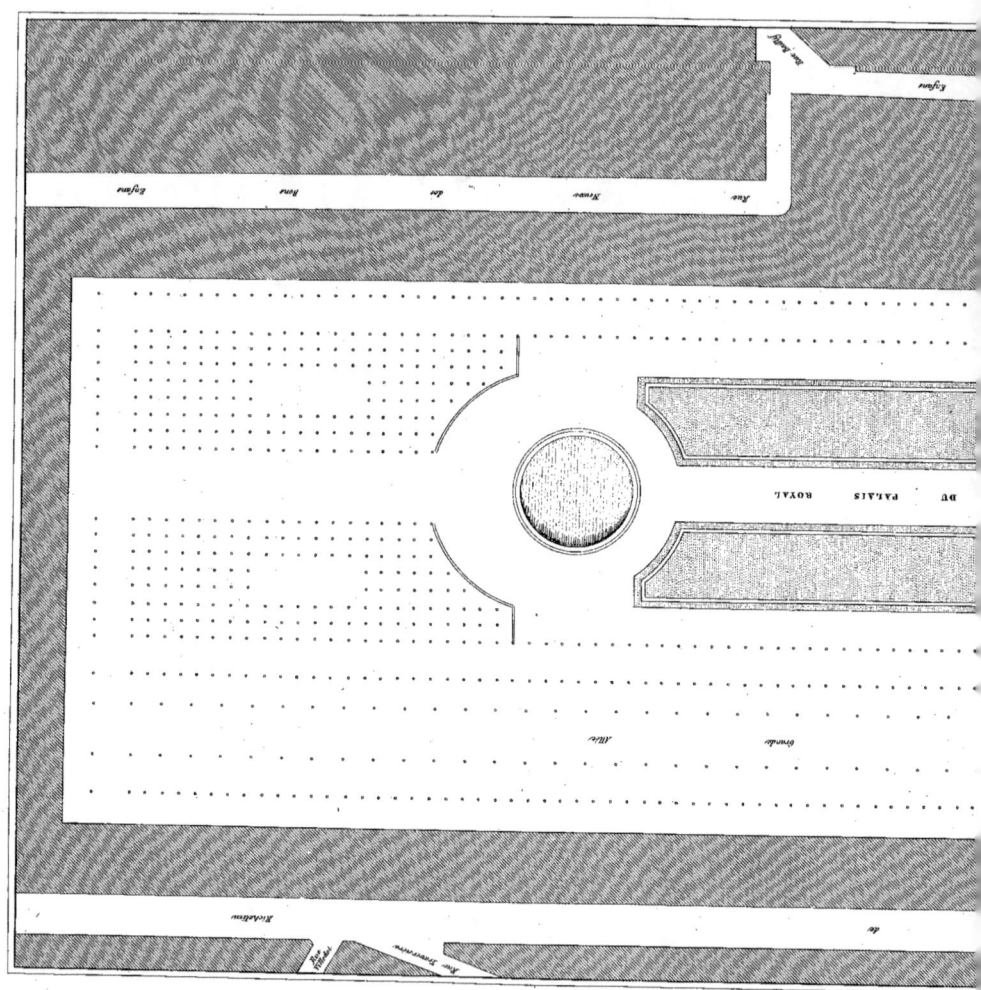

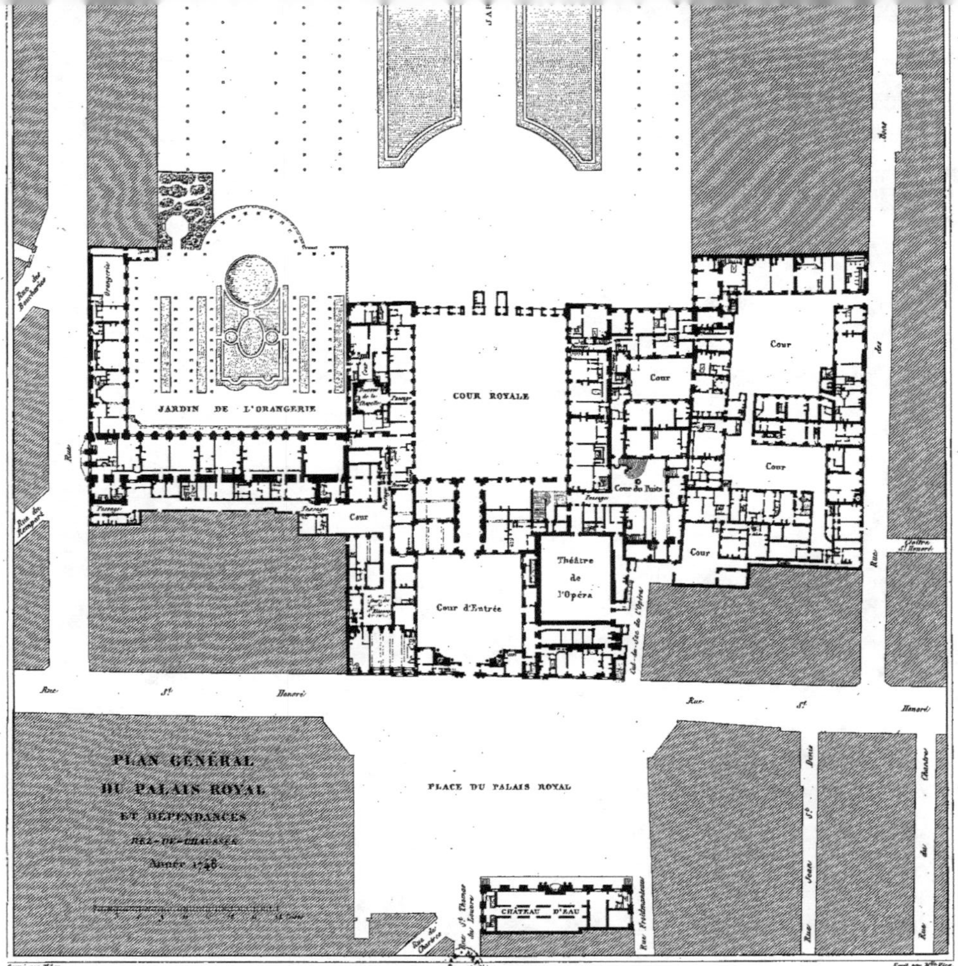
PLAN GÉNÉRAL
DU PALAIS ROYAL
ET DÉPENDANCES
REZ-DE-CHAUSSÉE
Année 1748.
COUR ROYALE
JARDIN DE L'ORANGERIE
Cour d'Entrée
Théâtre de l'Opéra
Cour du Puits
Cour
PLACE DU PALAIS ROYAL
CHÂTEAU D'EAU
Rue St Honoré
Rue des Bons
Rue St Jean
Rue du Chantre
Rue Fromenteau
Cul-de-sac de l'Opéra
Orangerie
Gravé par Taben.
Écrit par Mlle Vicq.

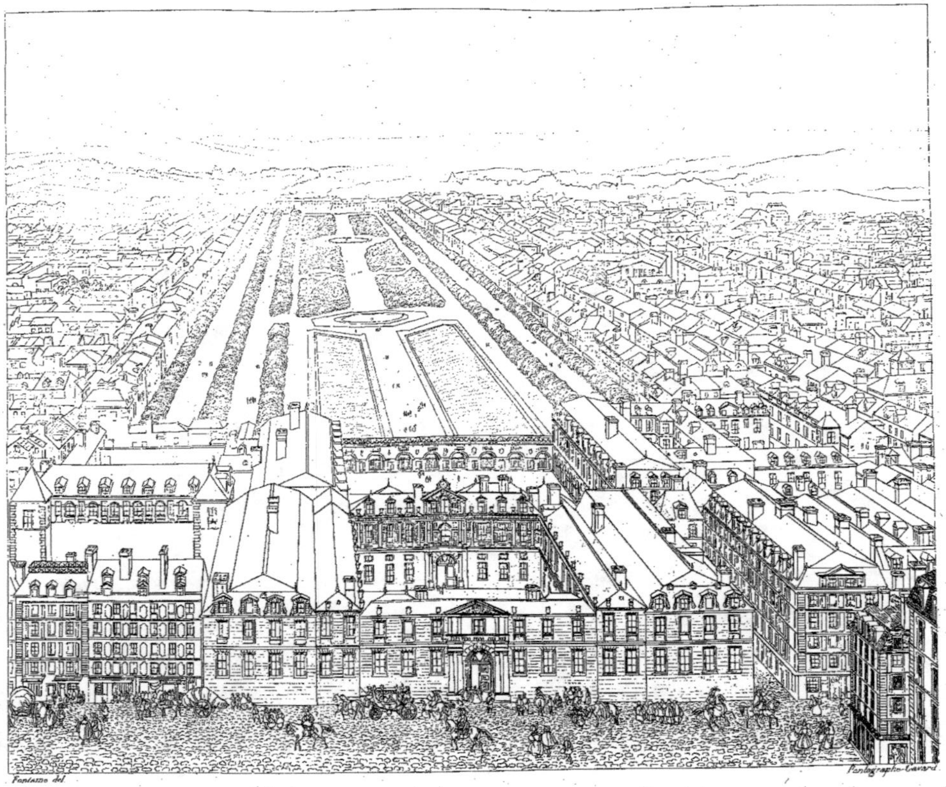

PL. 4

VUE PERSPECTIVE DU PALAIS ROYAL

d'après l'estampe gravée par la Rivière en 1679

réduit direct. sur cette même Photographie reproduit d'après le dessin de M. Fontaine

VUE DU PALAIS ROYAL DU COTÉ DES JARDINS

avant la donation du Cardinal de Richelieu

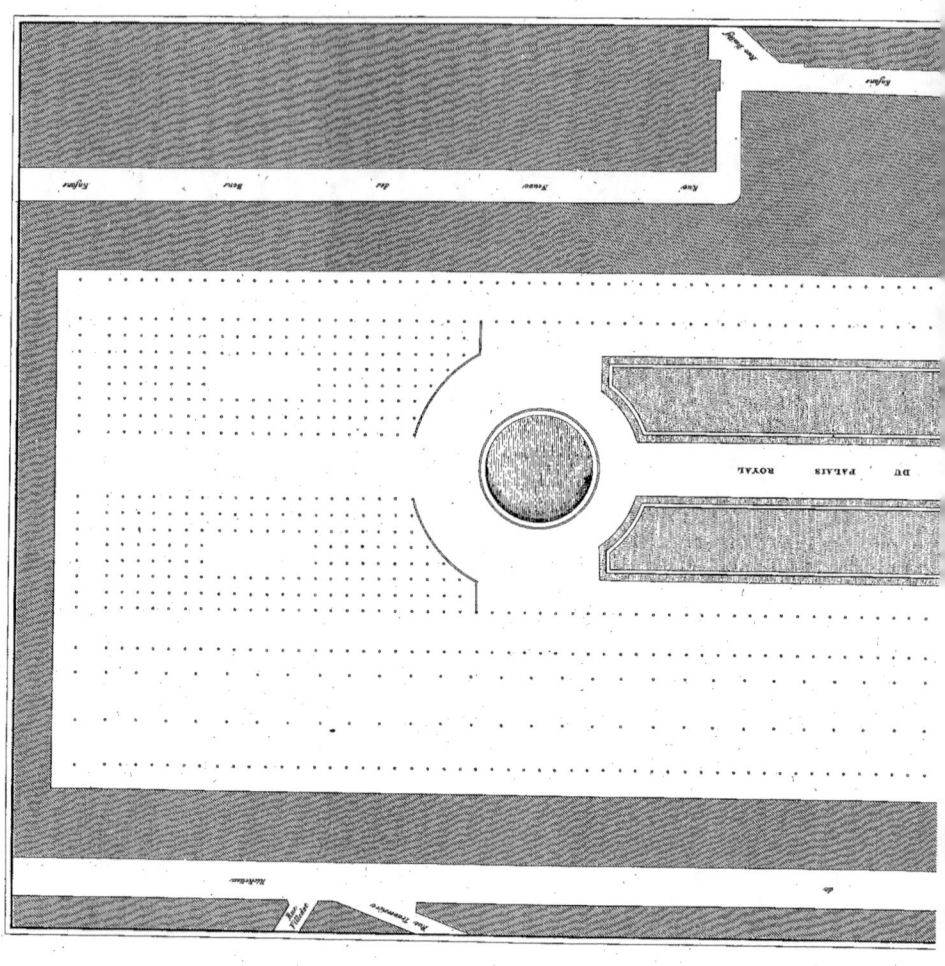

Pl. 6.

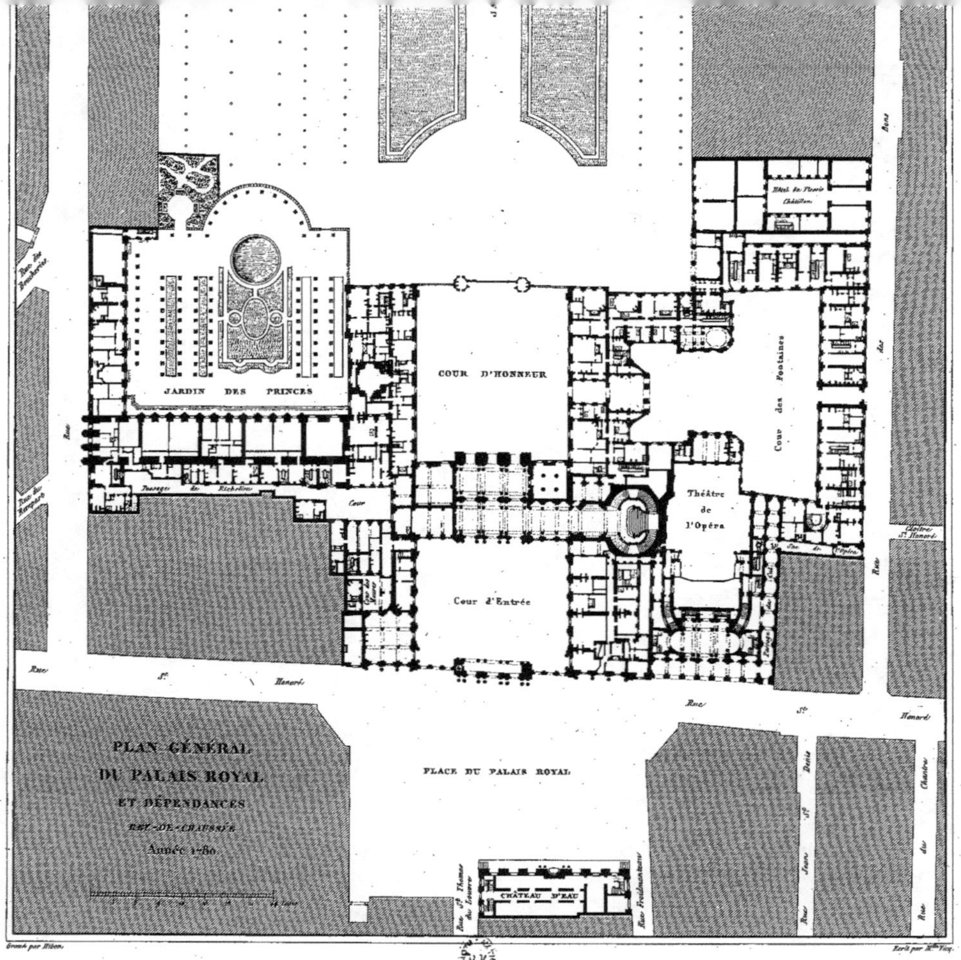
PLAN GÉNÉRAL
DU PALAIS ROYAL
ET DÉPENDANCES
REZ-DE-CHAUSSÉE
Année 1780
COUR D'HONNEUR
Cour d'Entrée
Cour des Fontaines
Théâtre de l'Opéra
JARDIN DES PRINCES
PLACE DU PALAIS ROYAL
CHÂTEAU D'EAU
Hôtel de Fleurie Châtillon
Passage de Richelieu
Cour
Rue St. Honoré
Rue Fromanteau
Rue St. Thomas du Louvre
Rue Jean St. Denis
Rue du Chantre
Cloître St. Honoré
Rue des Bons
Gravé par Bibon
Écrit par Mlle Vicq

PLAN

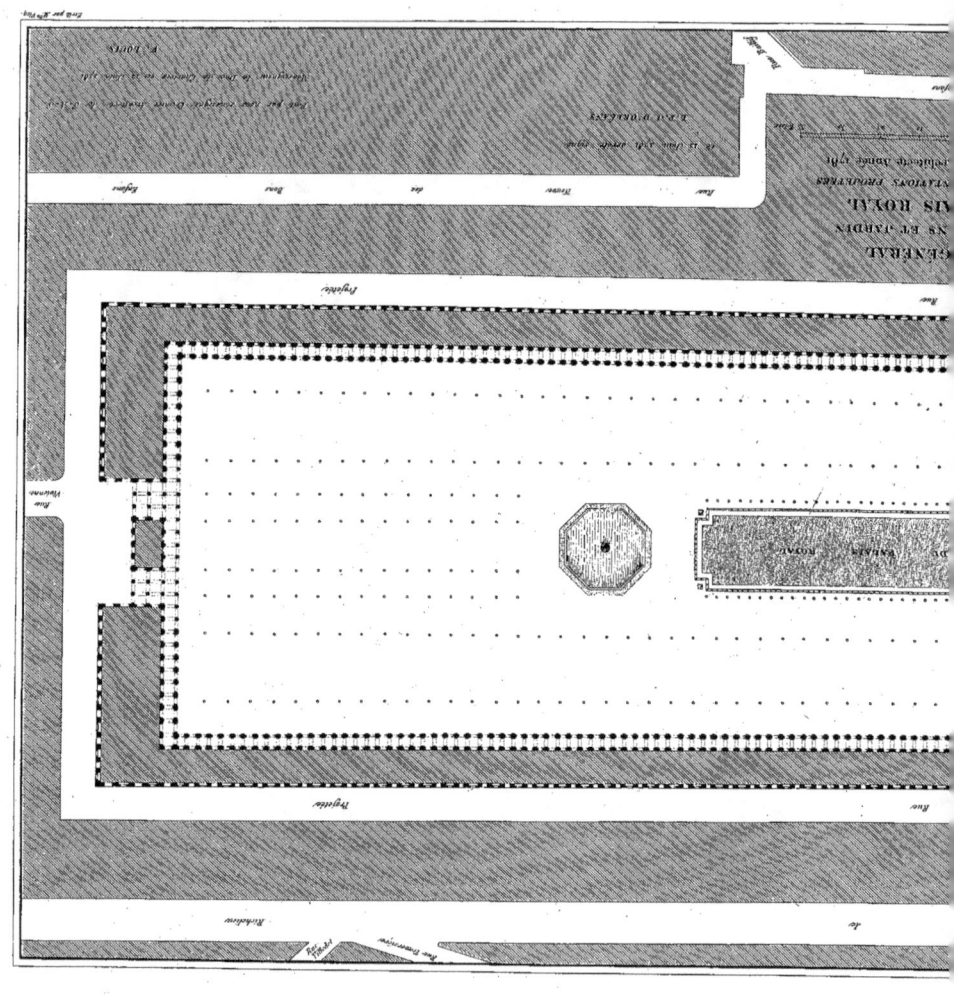

Pl. 7

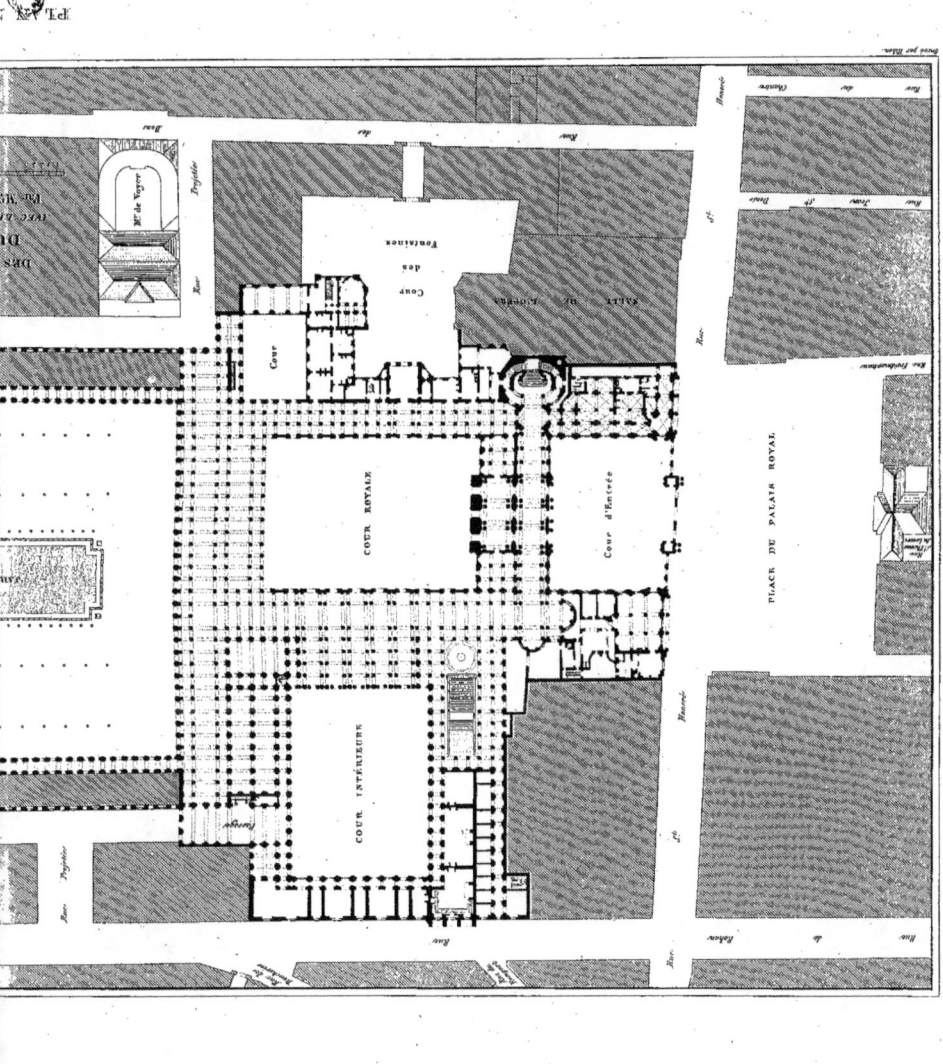

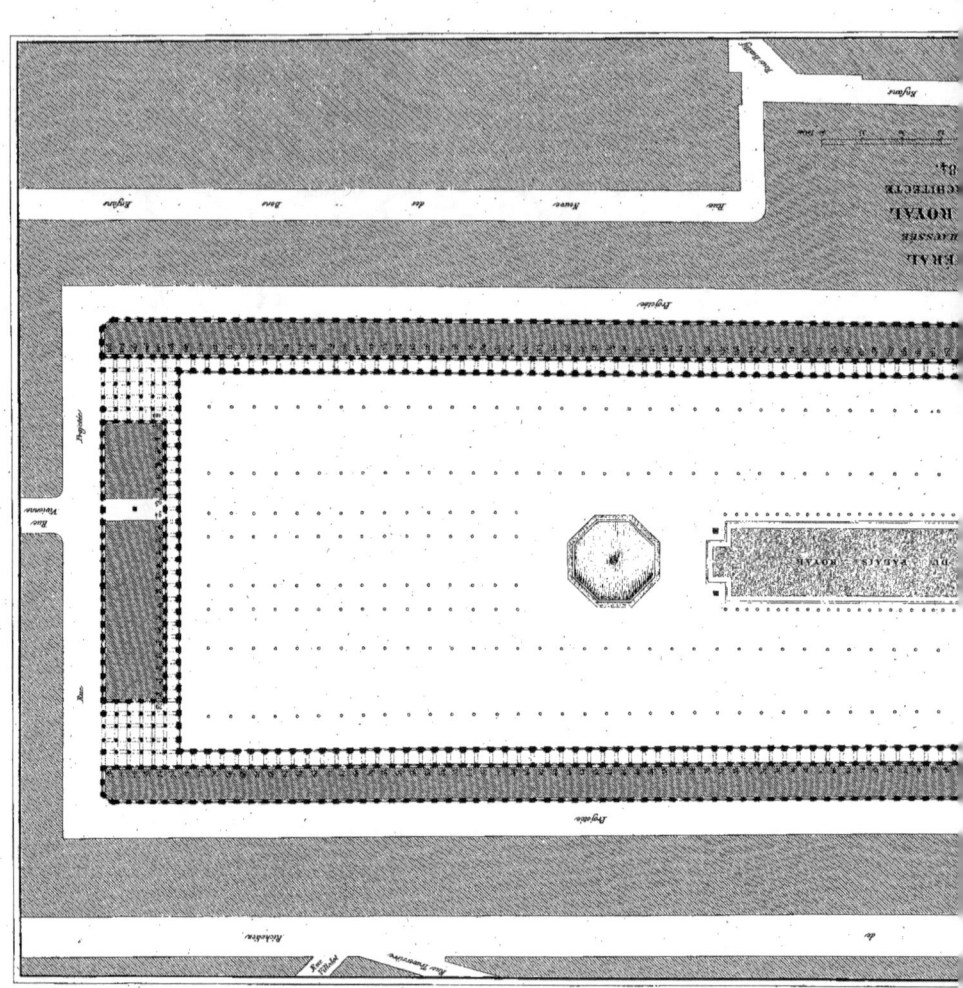

Pl. 8.

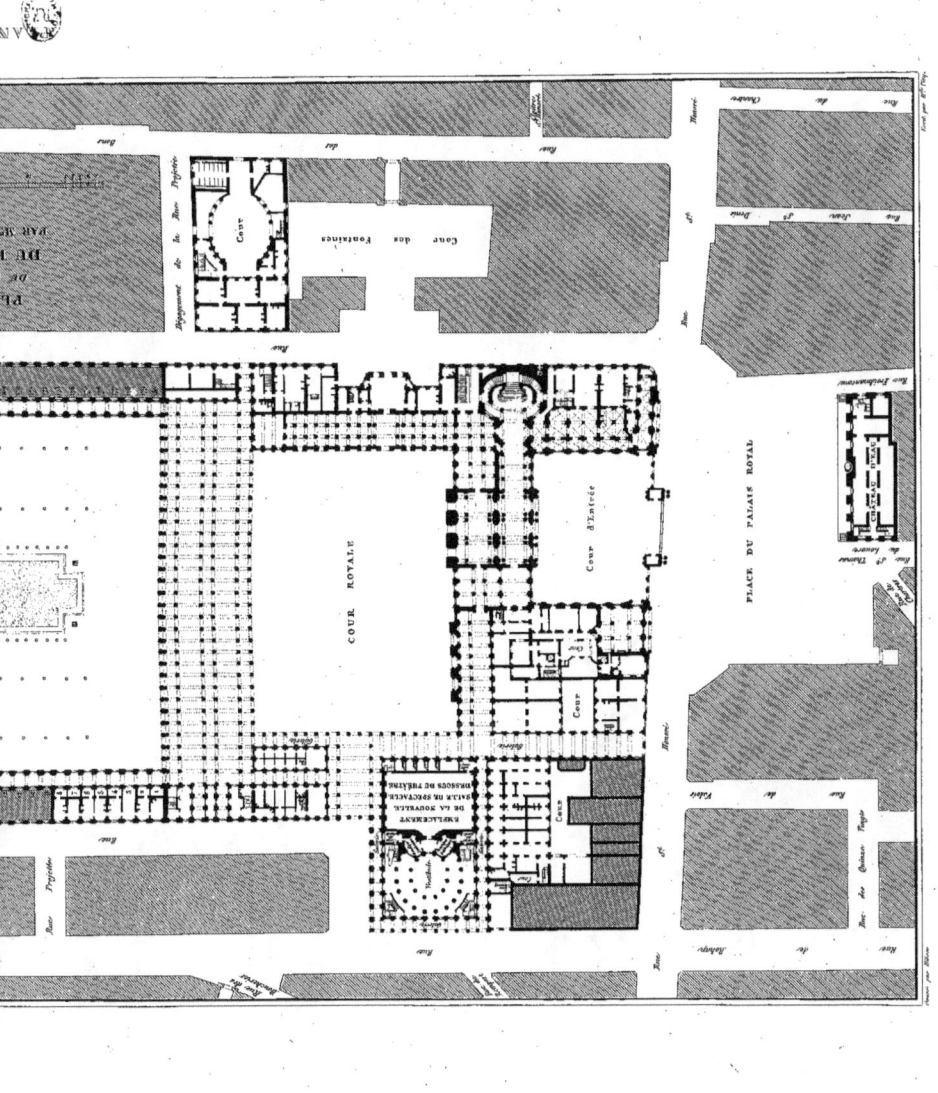

Fig. 9.

VUE DU PALAIS-ROYAL DU CÔTE DU JARDIN
d'après le dessin du chevalier de Lespinasse
1786

VUE EXTERIEURE DU CIRQUE DU JARDIN DU PALAIS ROYAL.

Pl. 11

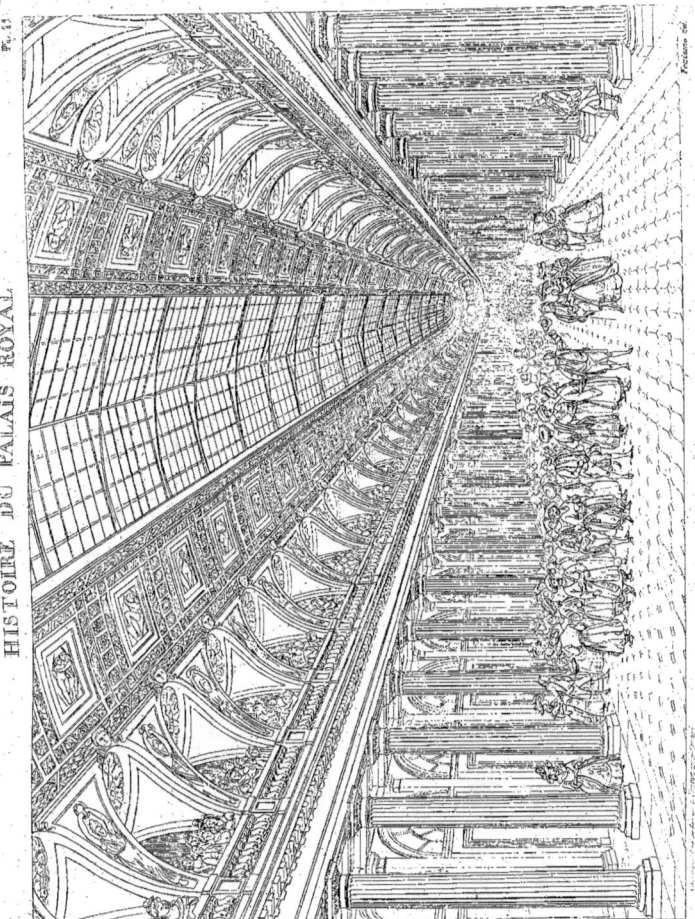

VUE INTÉRIEURE DU CIRQUE
DU PALAIS ROYAL

Lors qu'on y reçut les Ambassadeurs du Nabab Tippoo-Saïb
qui avaient été présentés au Roi à Versailles le 10 Août 1788.
1er Ambassadeur Mohamed-Dhervich
2ème ——— Akbar-Ali
3ème ——— Mohamed Sethasaun
l'Oncle d'Ali 10 ans d'ambassade
Secrétaire à Saïb payeur de 1er Ambassadeur

VUE DE LA GALERIE VITRÉE ET DES GALERIES DE BOIS DU PALAIS ROYAL

Avant leur entière démolition au mois de Février 1828.

Vue de l'Extrémité de la Galerie vitrée
du Palais Royal

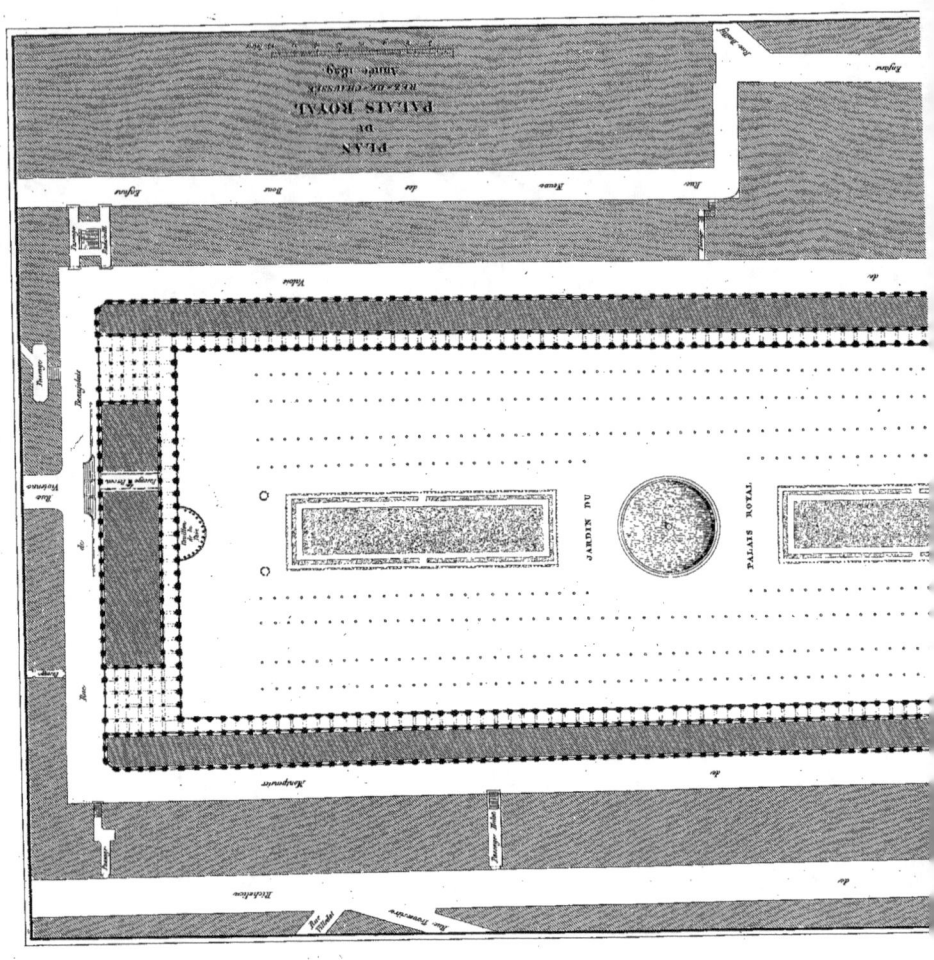

PLAN
de
PALAIS ROYAL,
REZ-DE-CHAUSSÉE
Année 1829

JARDIN DU PALAIS ROYAL.

Pl. 14

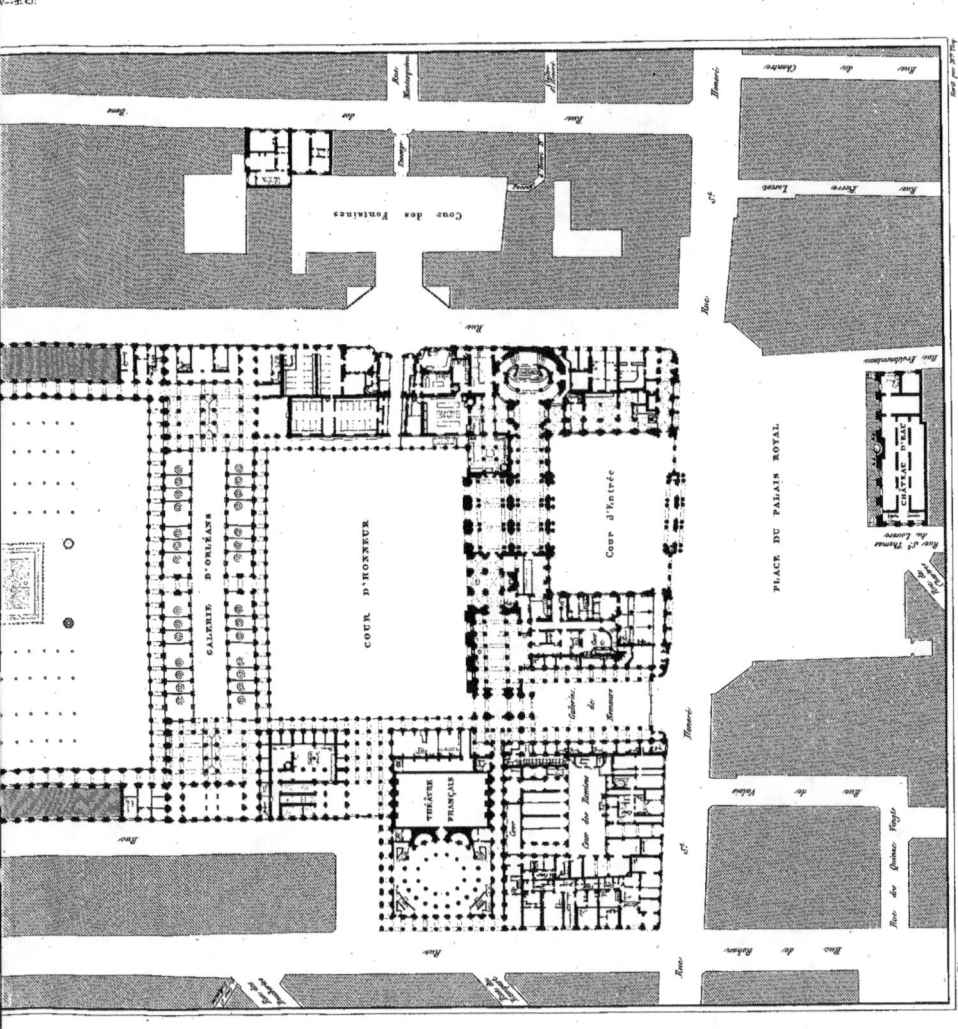

PLACE DU PALAIS ROYAL

COUR D'HONNEUR

GALERIE D'ORLÉANS

Cour des Fontaines

Cour d'Entrée

Galerie de Nemours

THÉATRE FRANÇAIS

Cour des Fontaines

PL. 5

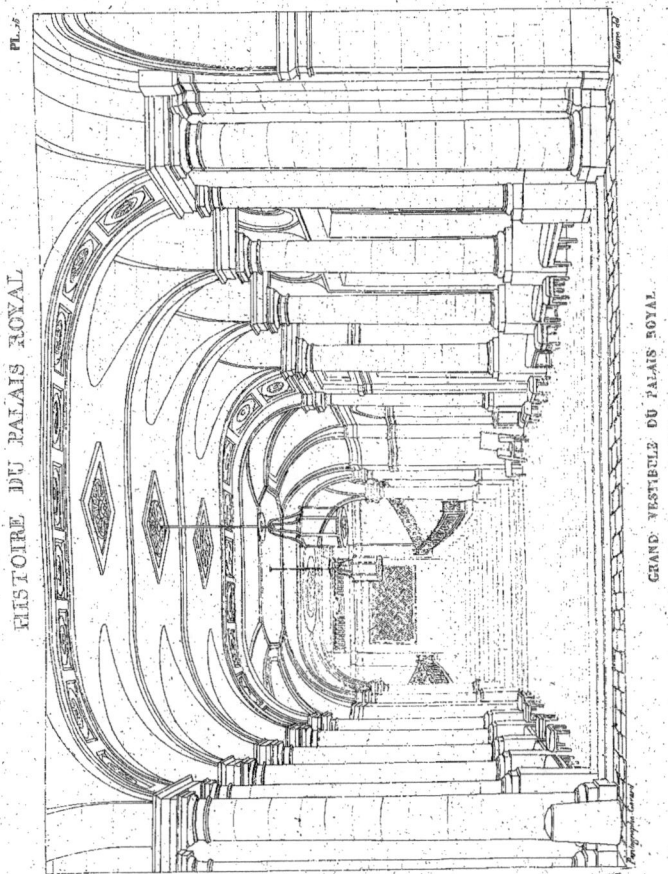

GRAND VESTIBULE DU PALAIS ROYAL.

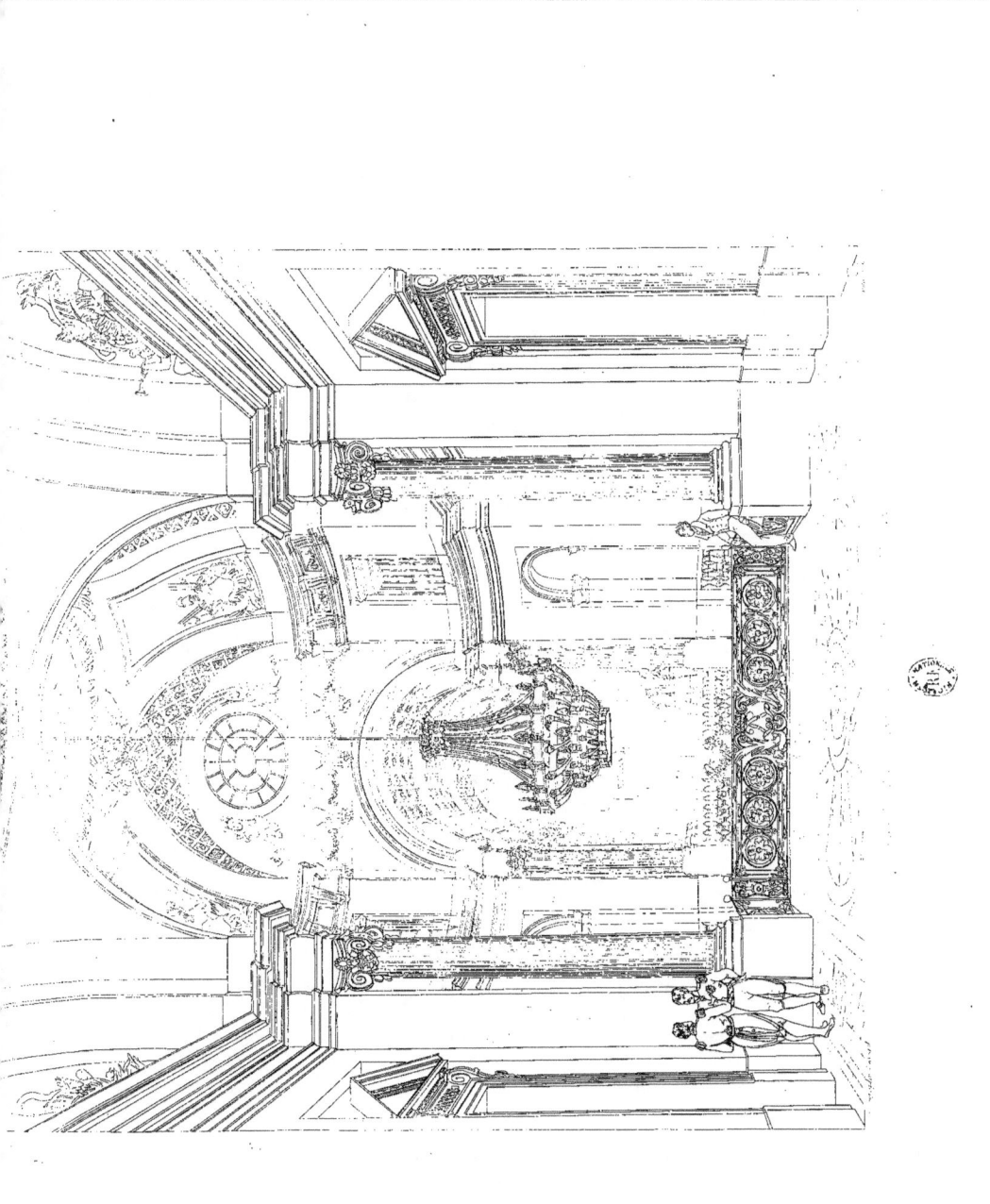

Pl. 18

SALON JAUNE DE L'APPARTEMENT DANS L'AILE DE VALOIS

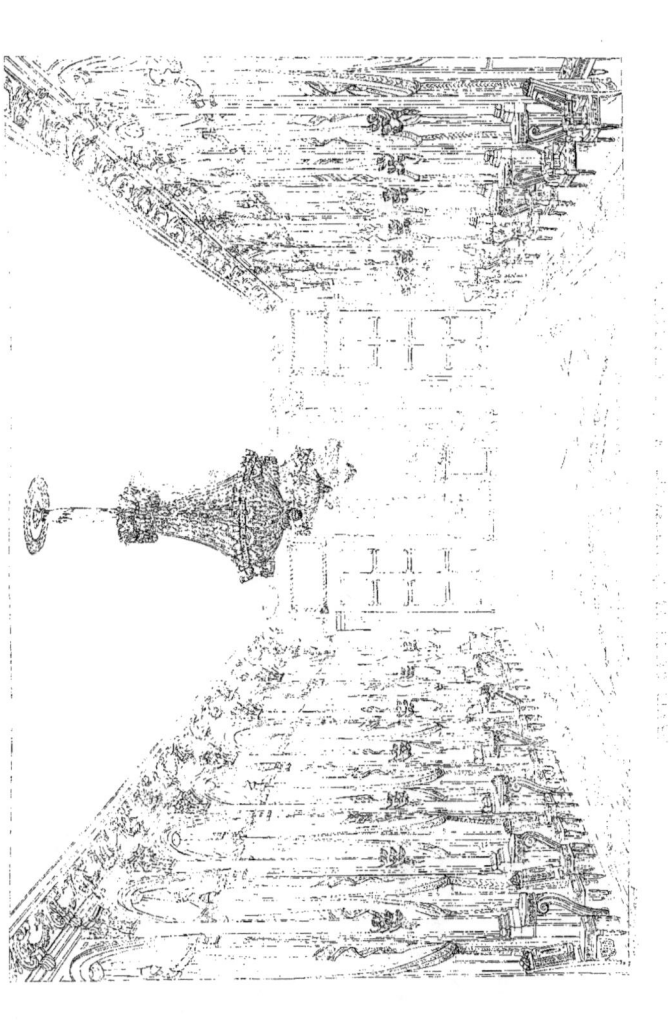

Pl. 20.

SALON DE L'APPARTEMENT DE L'AILE DE VALOIS

1820

Pl. 27

CABINET DE L'APPARTEMENT DE L'AILE DE VALOIS

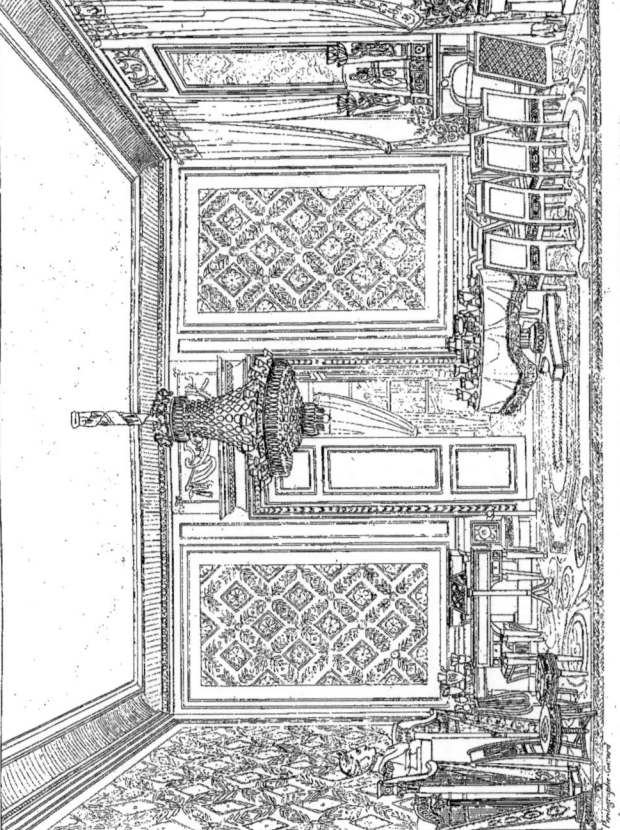

HISTOIRE DU PALAIS ROYAL

SALON DE L'APPARTEMENT DE S. A. R. M. LA PRINCESSE ADELAIDE

1830.

Pl. 47.

CHAMBRE A COUCHER DE S A R. M LA PRINCESSE ADÉLAIDE

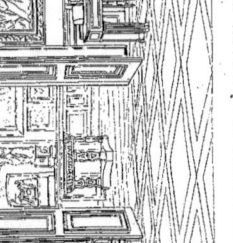

MUSÉE DU PALAIS ROYAL

SALON DE SERVICE DE L'AILE DU MILIEU
1829

HISTOIRE DU PALAIS ROYAL

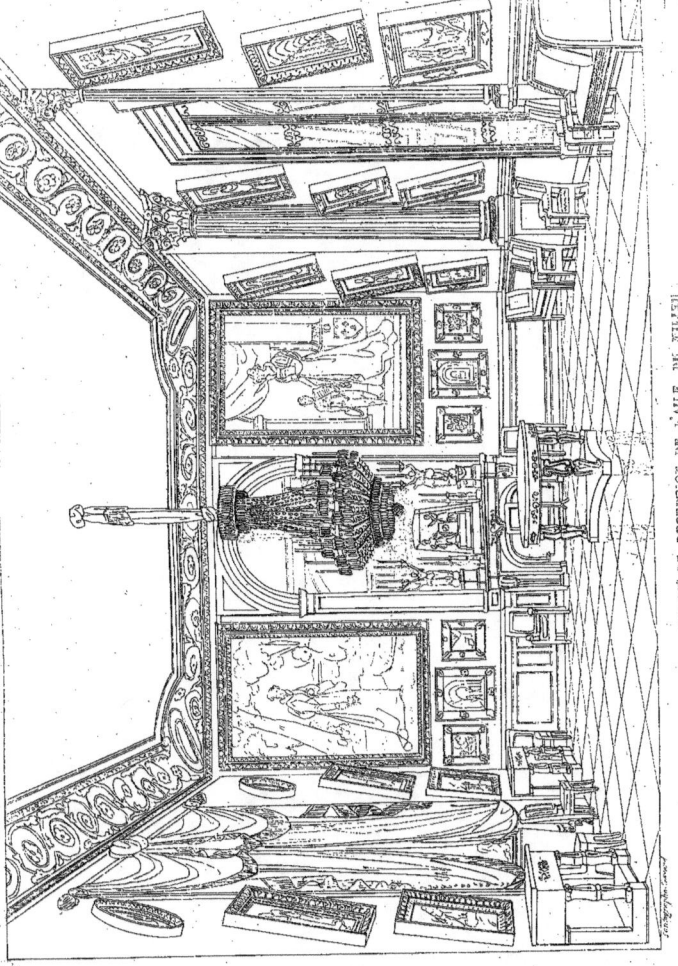

SALON DE RECEPTION DE L'AILE DU MIDI

CABINET DU CONSEIL DE L'AILE DU MILIEU SUR LA COUR D'ENTRÉE

Pl. 1.

PETIT SALON DES BIJOUX DE L'AILE DU MILIEU DU COTE DE LA GRANDE COUR

139

Pl. 3.

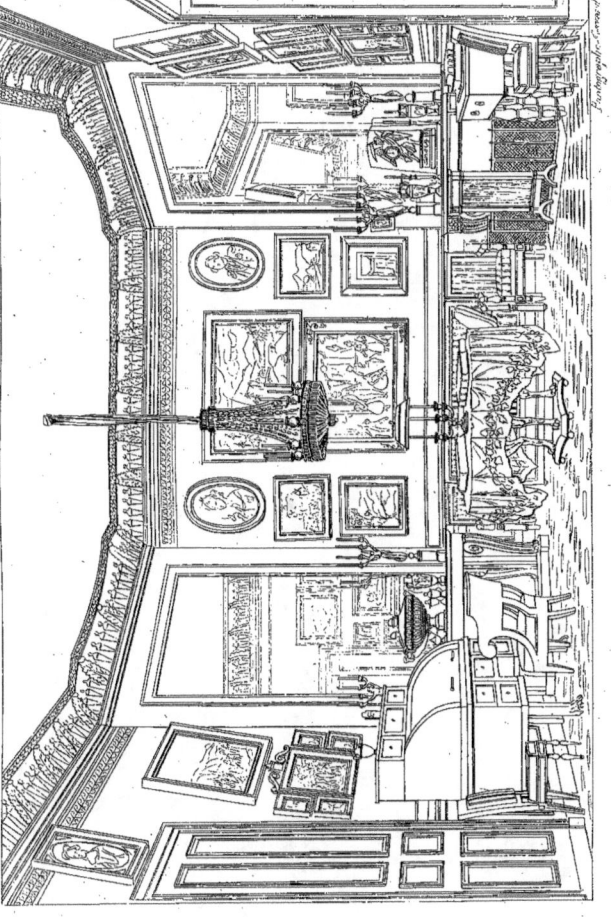

SALON DE L'APPARTEMENT D'AILE DE NEMOURS.

HISTOIRE DU PALAIS ROYAL.

GRAND SALON ET LA CHAPELLE

Fontaine del.   Pantographe-Gavard.

VUE DE L'INTÉRIEUR DE LA CHAPELLE
Prise de la tribune.

HISTOIRE DU PALAIS ROYAL

Pl. 35

Fontaine del. Pantographe-Gavard

PALAIS ROYAL

Galerie de Nemours.

1827

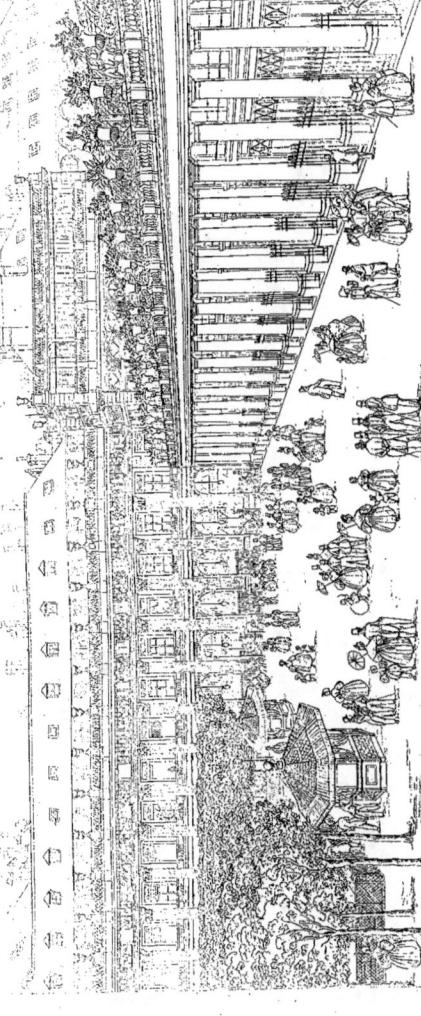

VUE DE LA TERRASSE.

Paris, lith.-Cauard.   Fontaine del.

VUE DU PAVILLON MONTPENSIER.

VUE DE LA GALERIE HISTORIQUE DU THEATRE FRANCAIS.

Vue intérieure de la galerie du jardin, prise à la vue
de la terrasse sur le jardin.

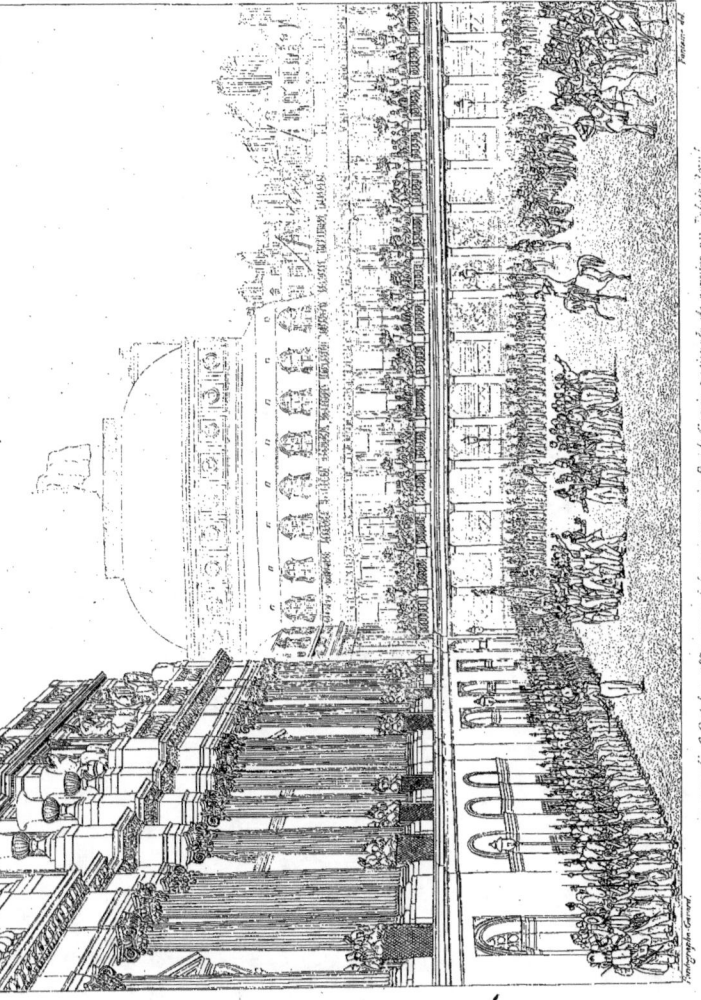

VUE INTÉRIEURE DE LA COUR D'HONNEUR

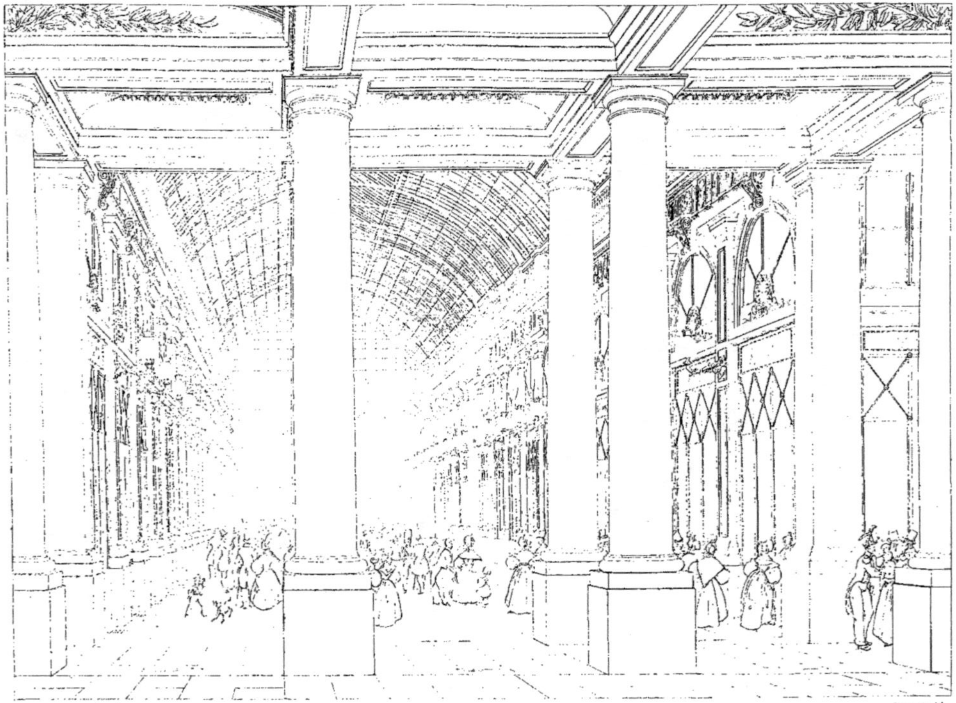

Fontaine del.

VUE DE LA GALERIE D'ORLÉANS AU PALAIS ROYAL.

Fontaine del

Pantographie-Gavard

VUE DE L'ESCALIER DE L'AILE DE MONTPENSIER

Pl. 54

ANTICHAMBRE DE L'APPARTEMENT DE L'AILE DE MONTPENSIER

PL. 43

SALLE A MANGER DE L'APPARTEMENT DE L'AILE DE MONTPENSIER

Pl. 85

GRAND SALON DE L'APPARTEMENT DE L'AILE DE MONTPENSIER

HISTOIRE DU PALAIS ROYAL

PETIT SALON DE L'APPARTEMENT DE L'AILE DE MONTPENSIER

HISTOIRE DU PALAIS ROYAL

PETIT SALON DE L'APPARTEMENT DE L'AILE DE MONTPENSIER.

139.

N. 49.

GRANDE CHAMBRE A COUCHER DE L'APPARTEMENT DE L'AILE MONTPENSIER
1855

VUE INTERIEURE DE LA SALLE DU THEATRE FRANCAIS

Fontaine del.

Pantographe-Gavard.

VUE EXTÉRIEURE DU THÉATRE FRANÇAIS ET DU PÉRYSTILE DE CHARTRES
1831.

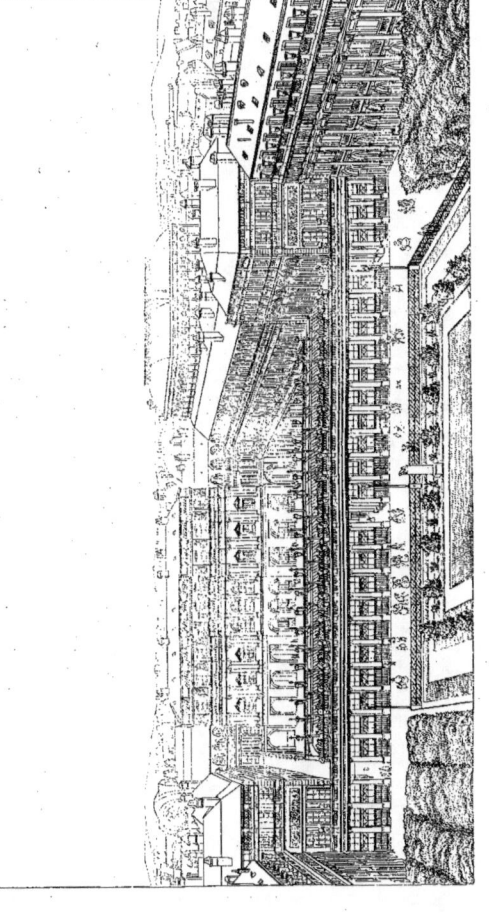

VUE DU PALAIS ROYAL, DU COTÉ DU JARDIN.

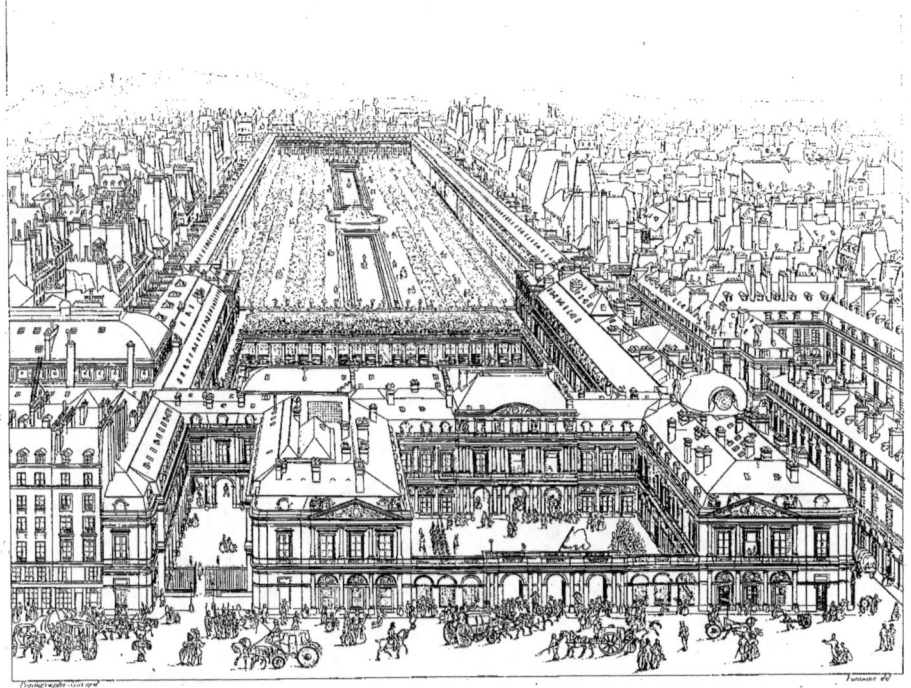

VUE GENERALE DU PALAIS ROYAL DU COTÉ DE LA PLACE SUR LA RUE St HONORE

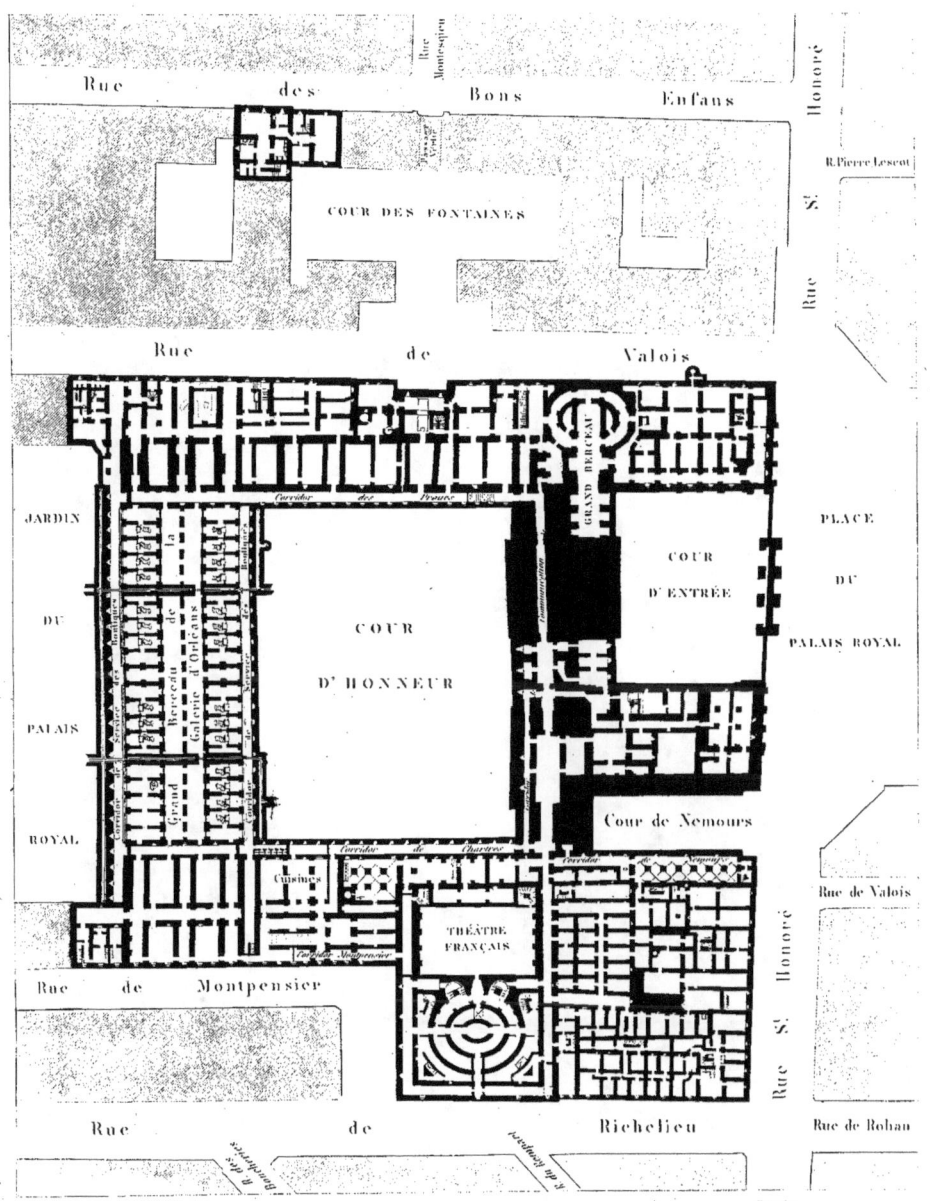

PLAN DU PALAIS ROYAL.
Cave
1855.

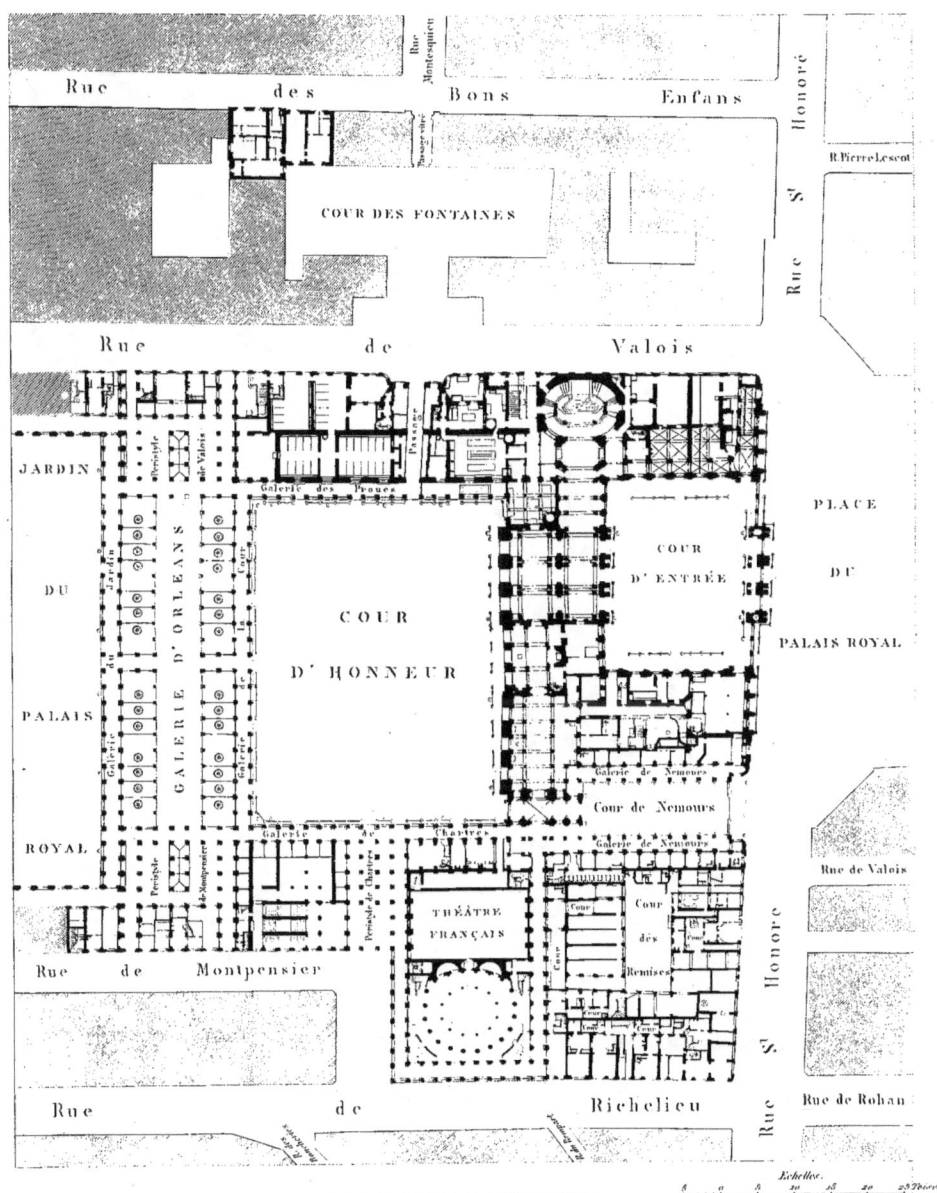

PLAN DU PALAIS ROYAL.
Rez-de-Chaussée.
1855.

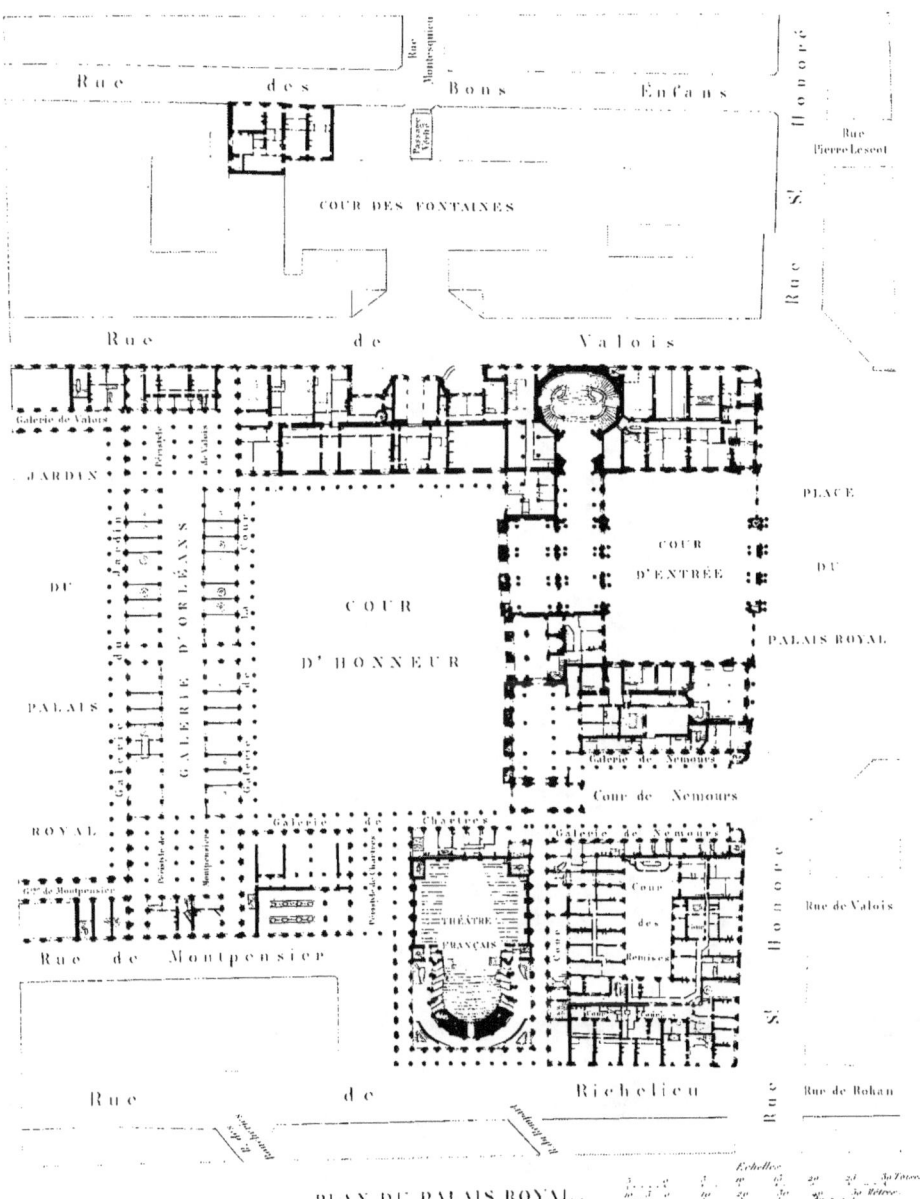

PLAN DU PALAIS ROYAL.
Entresol du Rez-de-Chaussée.
1855.

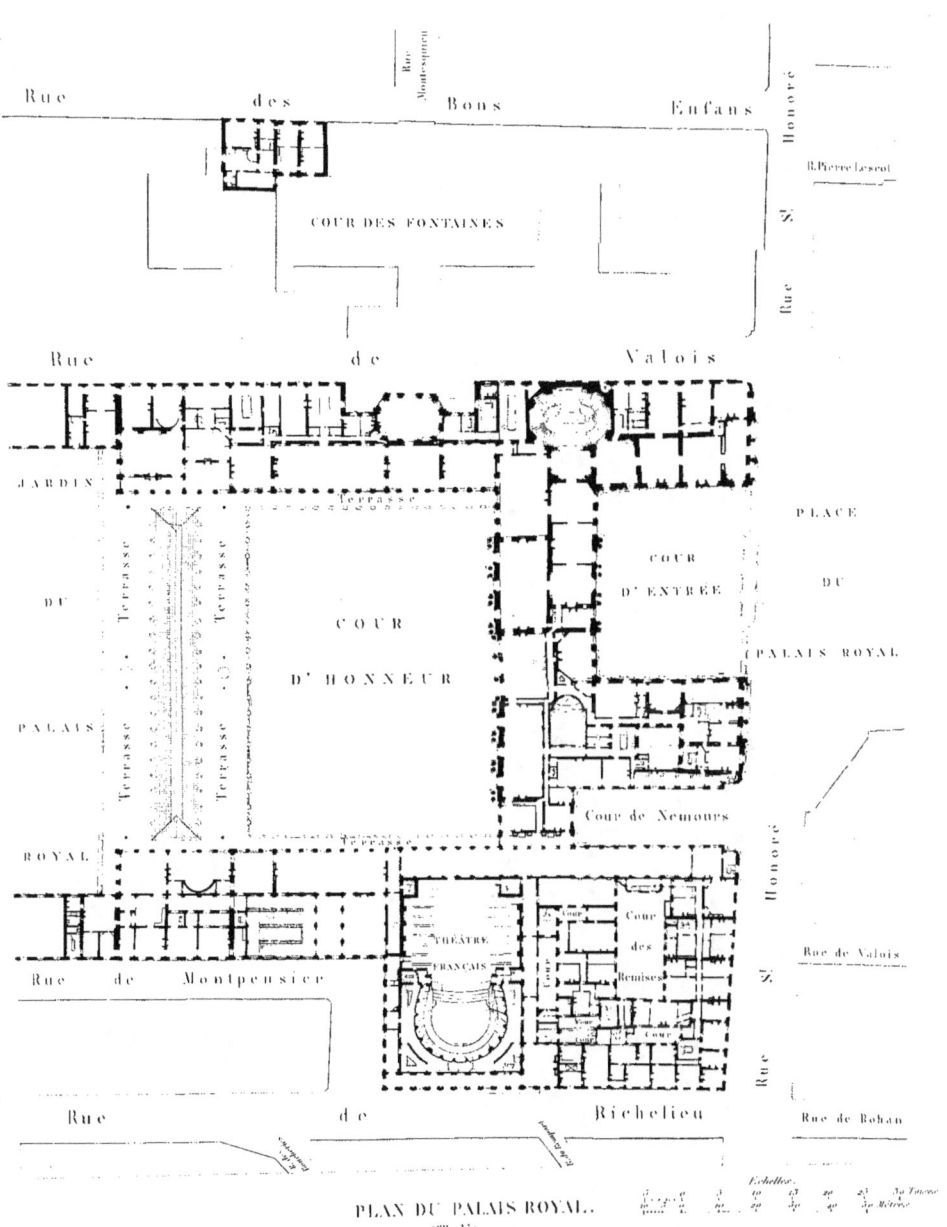

PLAN DU PALAIS ROYAL.
1er Étage.
1855.

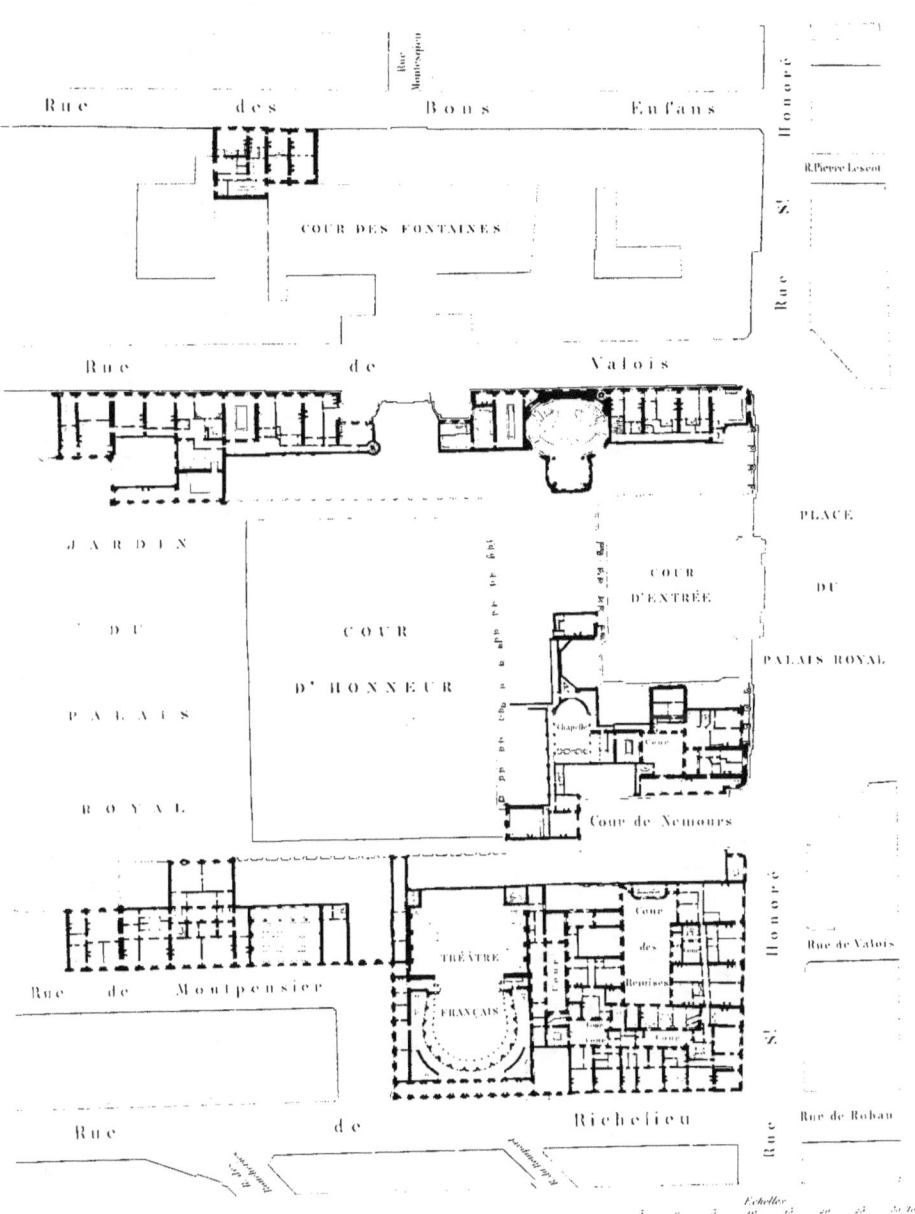

PLAN DU PALAIS ROYAL.
Entresol du 1ᵉʳ Étage.
1855.

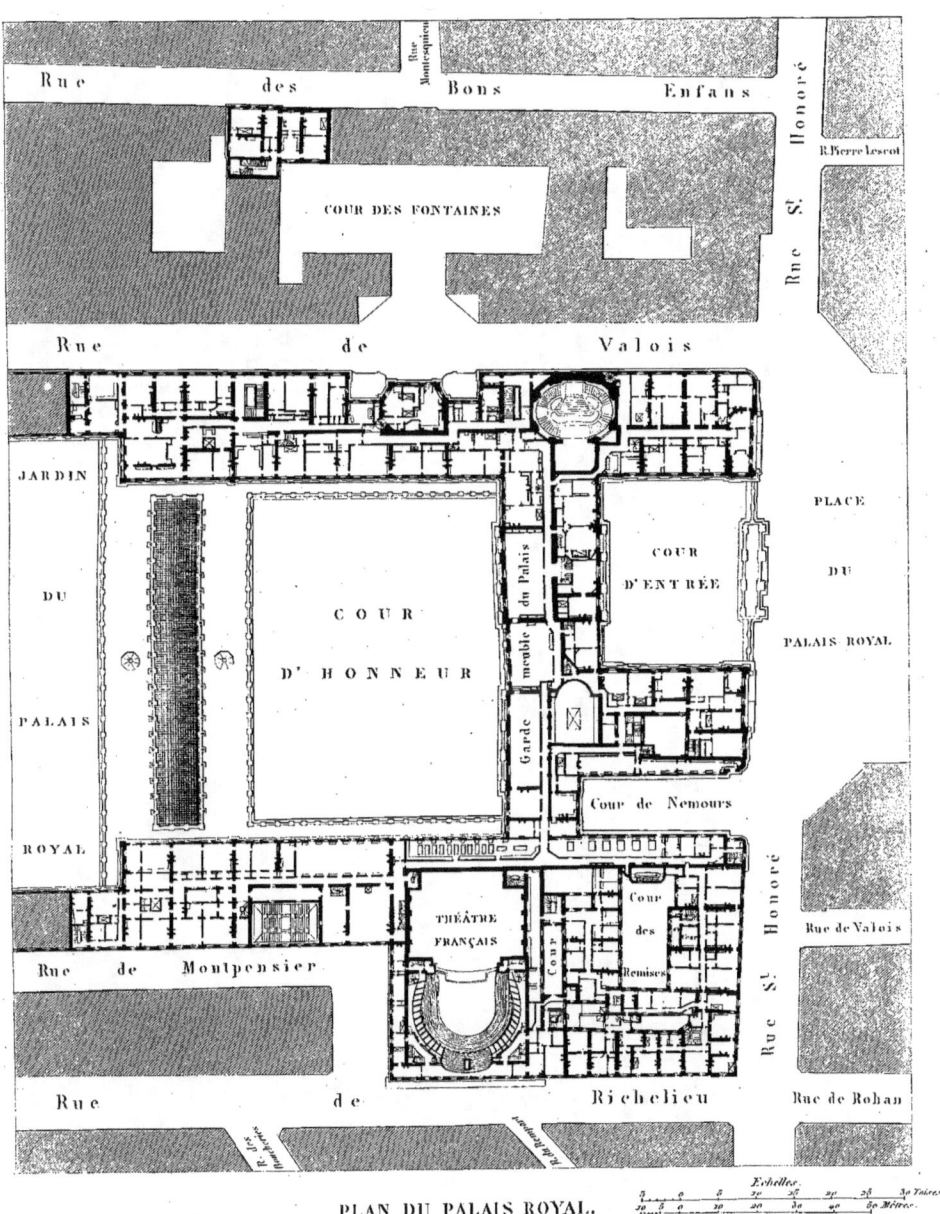

PLAN DU PALAIS ROYAL.
2.ᵉ Étage.
1833.

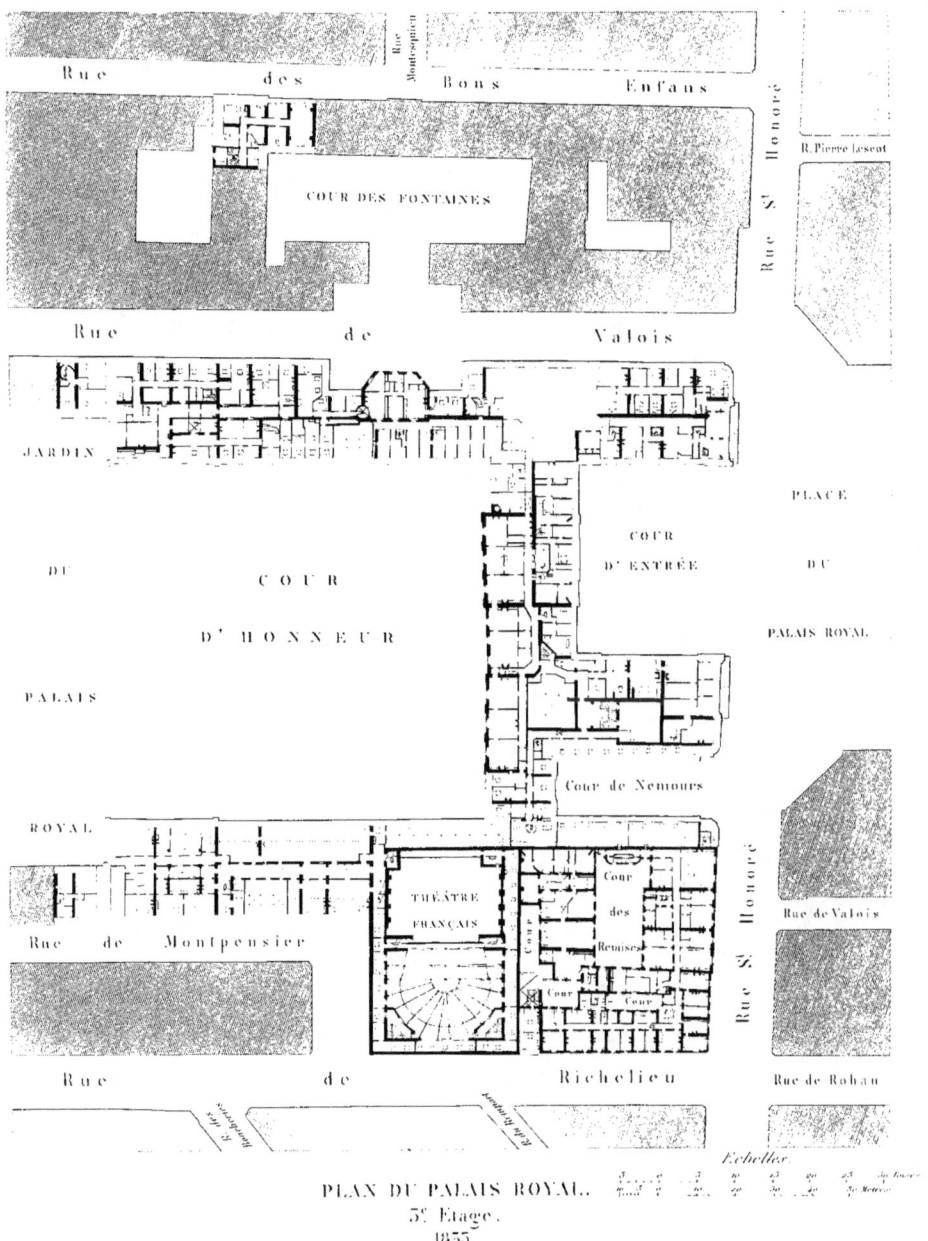

PLAN DU PALAIS ROYAL.
3ᵉ Étage.
1855.

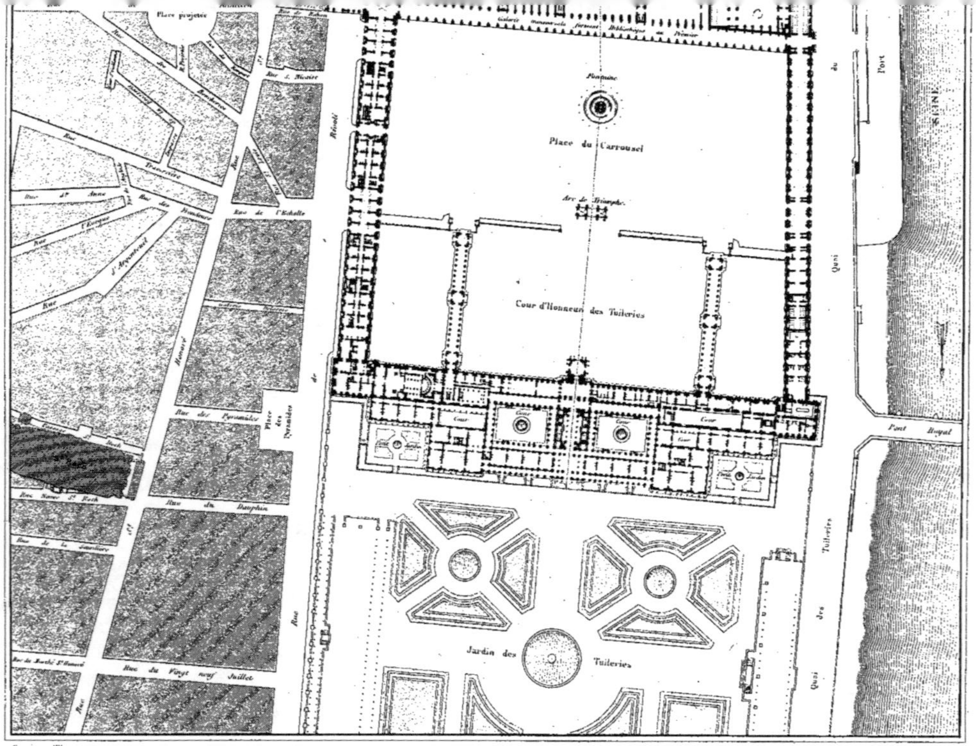

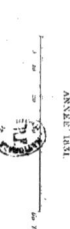

Gravé par Hibon.

RÉUNION ET ACHÈVEMENT DES TUILERIES, DU LOUVRE ET DU PALAIS ROYAL, PAR C. PERCIER ET P. F. L. FONTAINE.

Les Bâtimens teintés en gris ne sont pas exécutés.

ANNÉE 1831.

5 10 20 60 Toises.

Pl. 61

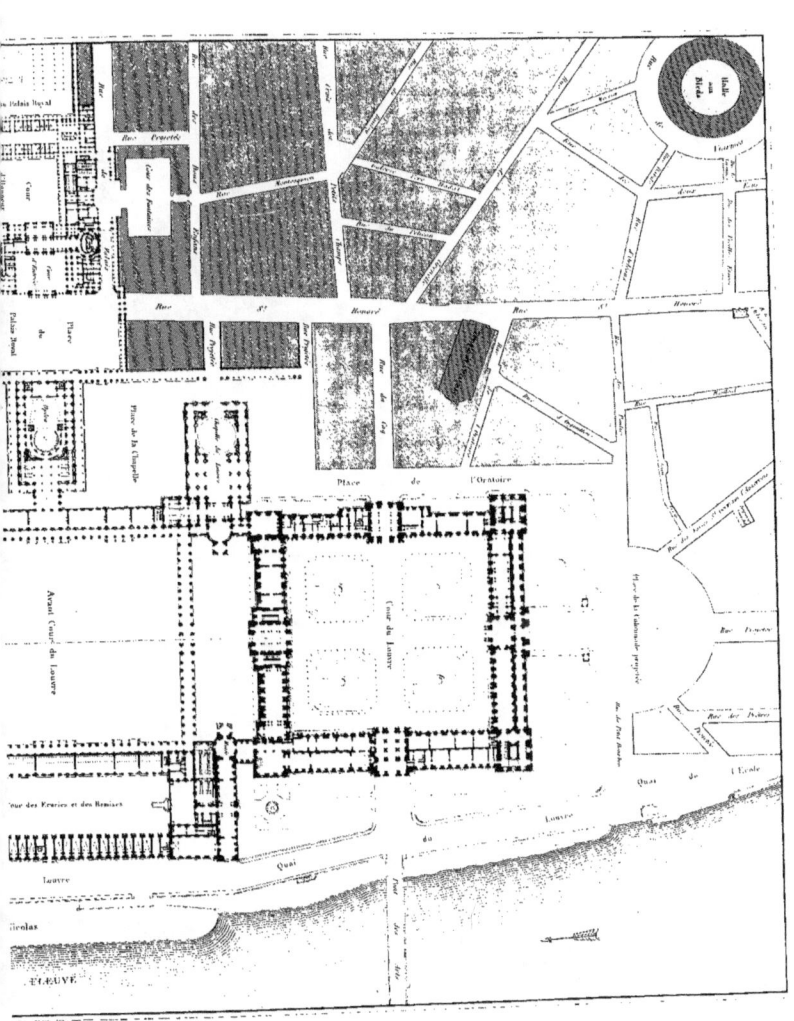